GRAND SEIGNEUR

L'empereur Soliman le Magnifique fait étrangler son fils Mustapha par ses tueurs. Il assiste aussi à la disparition d'un second fils, son préféré, l'infirme Cihangir, qui meurt de tristesse. Dans le même temps, Roxelane, l'Impératrice, fomente un dernier complot avant de s'éteindre…

A l'arrière plan des déchirements de cette famille, c'est la vie quotidienne au sommet de la « super-puissance » qu'on appelle l'Empire ottoman qui apparaît : intrigues, trahisons, alliances, projets d'expansion et conquêtes militaires. Et surtout, la solitude de Soliman, de plus en plus retranché du reste des hommes, voué à une discipline ascétique qui le purifie, l'allège, le déshumanise. Pour échapper à la souffrance de vivre, Soliman renonce à tout, y compris à lui-même, comme si l'existence humaine était une maladie que seule la mort pouvait guérir.

Avec ce livre, c'est tout le projet romanesque de Louis Gardel qui s'éclaire. Dans *L'Aurore des biens-aimés*, son roman le plus « racinien », trois personnages voyaient leurs rêves d'amour et d'amitié se fracasser sur les exigences du Pouvoir. *Grand Seigneur* est une tragédie janséniste, d'où tout libre arbitre est banni. Ce n'est plus le Pouvoir, mais la Mort qui règne sur les âmes et les corps, c'est à elle qu'il faut se soumettre, fût-on le souverain le plus puissant du monde.

Louis Gardel a publié huit romans (dont Fort Saganne, *prix de l'Académie française en 1980,* Le Beau Rôle, *et* Dar Baroud*). Il écrit aussi pour le cinéma (*Fort Saganne, Indochine, Nocturne indien, Est-Ouest, Himalaya*) et travaille comme conseiller littéraire aux Éditions du Seuil.*

DU MÊME AUTEUR

Aux mêmes éditions

L'Été fracassé
roman, 1973

Couteau de chaleur
roman, 1976

Fort Saganne
roman, 1980
Grand Prix du roman de l'Académie française
et « Points », n° P349

Notre homme
roman, 1986
et « Points », n° P28

Le Beau Rôle
roman, 1989
et « Points Roman », n° R407

Dar Baroud
roman, 1993
et « Points », n° P52

L'Aurore des bien-aimés
roman, 1998
et « Points », n° P546

Louis Gardel

GRAND SEIGNEUR

ROMAN

Éditions du Seuil

TEXTE INTÉGRAL

ISBN 2-02-041943-2
(ISBN 2-02-034888-8, 1re publication)

MUSTAPHA

La mort, la mort pour le prince Mustapha, son fils aîné et son rival, telle est la décision du Grand Seigneur.

C'est un matin d'été à Ereğli de Caramanie. Soliman est encore allongé sur sa couche. Cette nuit il n'a pas dormi. Il ne dort presque plus. Ou, à l'inverse, il somnole pendant des heures et rien alors ne le distrait de la solitude où il s'abîme. Dans la pénombre de la tente, les pages glissent en silence. Ils jettent des parfums sur la braise des lampes afin de protéger son auguste personne des miasmes du camp. « Mustapha va mourir, pense Soliman, puis, je mourrai à mon tour... » La mort ne l'effraie pas. Sultan des Ottomans, Empereur des Empereurs, guerrier invincible, législateur inégalé, maître de l'histoire à la jonction de l'Europe et de l'Asie, élu de Dieu, il n'est pas un homme comme les autres. Les morts qu'il commande, exécutions à froid et carnages des combats, sont des obligations de sa charge qu'il a appris à considérer sans émoi. Et, contre la certitude de son propre trépas, l'humilité de la foi et l'orgueil de la toute-puissance ont dressé en lui une double certitude. Après le passage, il revivra éternellement dans la lumière divine. Ici-bas, il survivra dans la mémoire des hommes jusqu'à la fin des temps : on dira « Soliman le Magnifique » et les portes du rêve s'ouvriront.

Il se lève. Le sang qui stagne dans ses artères durcies par l'âge alourdit ses jambes. Sa tête aussi est lourde, ses pensées lentes et vagues. Mais il ne se préoccupe pas de ces misères. Pour remplir son rôle à ses propres yeux et aux yeux des autres, il lui suffit d'occuper la place. Il est le maître parce qu'il est le maître. Grabataire et gâteux, il le serait encore. Il s'agenouille et se met en prière.

Autour de sa tente, l'armée se réveille. Du rassemblement immense de soldats, de bêtes et d'armes monte une rumeur de voix, de commandements, de hennissements. C'est le fond sonore de sa vie conquérante, la musique de son règne. Elle se mêle à ses murmures pieux comme le bruit des vagues, autrefois, quand la brise se levait sur des mers et sur des rivages dont il n'était pas encore le souverain. C'était la jeunesse alors, il était sensible aux frémissements du monde. Maintenant il est impénétrable. Le monde, depuis près de trente ans, c'est lui qui le fait frémir. Pour la tendresse, ce qu'il en reste, elle est tout entière fixée sur son fils Cihangir, l'estropié. Né contrefait, éloigné de toute prétention au trône par sa disgrâce, Cihangir ne sera jamais un rival.

Soliman embrasse le sol une dernière fois puis fait signe qu'on l'habille. Les pages s'affairent. Il leur tend ses bras et ses jambes. Autour de lui, même dans l'intimité, tout est cérémonie. Le chef de la chambre lui présente une coupe. Il boit l'eau fraîche.

Avant de décider la mort de Mustapha, il a attendu de longs mois, tenant en balance le pour et le contre. Pour, c'est clair : il élimine son plus dangereux rival. Contre, il y a la révolte probable des partisans de Mustapha. Quelle forme prendra-t-elle ? Jusqu'où ira-t-elle ? Comment la circonscrire ? Y a-t-il moyen de la retourner à son profit ? On ne peut hâter ces réflexions. Il faut laisser au temps le soin de les décanter. En d'autres circonstances, Soliman abat ses décisions dans l'instant, sans délibérer. Ce qui déshumanise les hommes qui vivent pour le pouvoir, ce n'est pas le cynisme ou la cruauté de leurs décrets, c'est la nécessité de s'imposer des rythmes contre nature, tantôt jouer son va-tout en un éclair, et tantôt ruminer dans l'incertitude pendant des années.

Mais, bien sûr, maintenant que sa résolution est arrêtée, rien ne la fléchira. Dans un moment elle sera exécutée, avec l'aide de Dieu, hommage à sa Grandeur. Tout a été préparé. Tout est prêt.

Mustapha a été convoqué par un message solennel, écrit de la main même de son père. Lorsqu'il l'a reçu, dans son palais de Bursa, il a hésité deux jours. Les espions du Sultan qui observent heure par heure ses faits et gestes ont mentionné son agitation dans leurs rapports. Enfin il s'est décidé. Il s'est mis en route pour le camp d'Ereğli. C'est le choix du courage. Mais ce prince courageux avait-il le choix ? Ne pas obéir à la volonté de son père, ce serait admettre qu'il a des raisons de redouter son courroux, c'est-à-dire que son intention est bien, comme ses ennemis le craignent et comme ses amis l'espèrent, de le renverser pour prendre sa place. Cette désobéissance l'aurait contraint à la dissidence ouverte. Cela, il ne le peut pas : la loyauté de son caractère et, accessoirement, le nombre insuffisant de soldats qui l'entourent l'en empêchent. Soliman a tout soupesé, les éléments psychologiques autant que l'état objectif des forces. Maintenant le piège est tendu. Mustapha approche pour s'y jeter. Les sentinelles l'ont signalé à moins d'une heure de marche du camp.

Dès qu'il a su que Mustapha quittait Bursa, Soliman a ordonné au Grand Vizir Rüstem Pacha de faire venir en secret les trois muets qui, au sérail, ont la charge des meurtres d'État. Ils attendent depuis cinq jours derrière la tente impériale, enfermés dans le fourgon sans fenêtre dans lequel ils ont voyagé, comme des bêtes sauvages, depuis Istanbul. On les lâchera quand ils devront tuer.

Ce matin, le chef de la chambre, fidèle parmi les fidèles, a choisi un à un les hommes de la garde rapprochée. Ils sont tous natifs de Manisa, comme lui. Aucun ne bougera sans son ordre, quoi qu'il advienne. Et, surtout, ils ne parleront pas, quoi qu'ils aient vu.

Tout à coup, des voix s'élèvent aux confins ouest du camp. Au début, c'est comme une brume sonore, à peine discernable des autres bruits. Mais, très vite, ils enflent, se rapprochent comme un galop. C'est un tonnerre continu d'acclamations. Elles ébranlent les parois de toile de la tente. Mustapha arrive. Qui d'autre que lui pourrait provoquer, parmi les soldats, cette houle de liesse ?

L'armée chérit Mustapha. Tout l'Empire le chérit. Il est brillant, valeureux, sage. Comme l'a écrit l'ambassadeur génois dans une dépêche interceptée par les espions et que le Grand Vizir s'est empressé de communiquer à Soliman : « Pour ceux, chaque jour plus nombreux, qui soupirent sous le joug pesant du trop long règne du vieil Empereur, ce jeune homme doté de toutes les grâces est un recours, un espoir, la promesse d'une nouvelle lumière. S'il ne conspire pas, même pas par ses désirs, pour remplacer son père sur le trône avant l'heure fixée par la nature, tout conspire en sa faveur. » Ces phrases n'ont pas provoqué un froncement de sourcil chez Soliman. Lorsqu'il les a lues, sa décision était déjà prise. Il savait, il a toujours su, plus pertinemment que le diplomate chrétien, que Mustapha n'a jamais comploté contre lui. Cela, c'est la thèse grossière de ceux, dans son entourage, qui tremblent pour leur place et leur vie à la perspective de voir le jeune prince le remplacer sur le trône. Soliman n'a jamais cru à leurs accusations, aux pseudo-preuves qu'ils inventaient pour le persuader des menées factieuses de Mustapha. Son fils est innocent. Il n'importe pas qu'il soit coupable. Il doit périr, car son existence est devenue une menace pour le règne, une menace que chaque jour qui passe rend plus redoutable. Sa toute-puissance, Soliman la tient de Dieu. Son destin de souverain et la volonté divine ne font qu'un à ses yeux. Il les accomplira jusqu'à son dernier souffle. Il n'a jamais douté que ce soit là son devoir suprême. Pour les soutenir, tous les moyens sont légitimes pourvu qu'ils soient efficaces. Le sang versé, les ruses, la férocité, les parjures, Dieu ne les absout pas. Il fait beaucoup plus : il les inspire. Les sentiments communs n'ont pas de part dans cette histoire. Une personne au moins le comprend, Soliman en est convaincu, c'est Mustapha.

Au-dehors, les acclamations grondent, de plus en plus vives, de plus en plus proches. Soliman s'assoit sur le siège de fer où d'ordinaire il reçoit ses généraux. Il demande d'une voix forte au chef de sa chambre qu'on relève un large pan de sa tente.

Au-dessous de lui, dans la plaine, Mustapha à cheval traverse l'armée. Les soldats jettent vers le ciel leur bonnet d'uniforme. Ils sont soudés par l'enthousiasme. Leur masse s'entrouvre pour laisser passer leur héros et se referme aussitôt. On le distingue à peine dans cette cohue. Pourtant, Soliman suit son avancée. Mustapha est comme nimbé de la dévotion qu'il soulève parmi ces milliers d'hommes. Leur besoin d'adorer et leur espérance confuse d'un ordre nouveau coïncident sur sa personne, éclatent et les grisent. Ce jeune prince les fait rêver.

Faire rêver les peuples, le temps a retiré définitivement à Soliman cette force délicieuse. Au début de son règne pourtant, il a été, des dizaines de fois, le bénéficiaire de triomphes semblables à celui que reçoit aujourd'hui son rival. Il en connaît toutes les nuances De plus en plus immobile, de plus en plus attentif, il écoute, il regarde.

Autour de Mustapha, se produit une sorte d'emballement du rythme de la liesse. Irrésistiblement cette fièvre se propage à travers toute l'armée. Les cris se chargent d'une âpreté belliqueuse. Les bonnets ne volent plus. Ce sont les sabres qu'on brandit dans la lumière du matin. Soliman écoute, Soliman regarde. Que se passe-t-il ? Tout est si confus, si rapide. Il ne peut pas croire ce qu'il pressent. Aussi longtemps que le lui permet sa lucidité, il écarte de son esprit la vérité. Soudain il blêmit. Il ne peut douter plus longtemps de ce qui advient. Ses soldats sont sur le point d'élire un nouveau chef. Peut-être ne le savent-ils pas encore. Mais lui le sait. En matière de pouvoir, il est expert. L'ovation tourne au sacre et à l'émeute. Des esprits chimériques pourraient espérer des rebondissements imprévisibles. Lui est logique, d'une logique brutale qui enchaîne les conséquences aux causes. Si rien n'arrête ce mouvement sauvage, avant midi il sera déposé et Mustapha porté sur le trône. Il avait pris en compte ce risque lorsqu'il a convoqué son fils au camp d'Ereğli. Mais il ne l'avait pas jugé suffisant pour renoncer à son piège. Il s'est trompé. On l'a trompé. Un accès de fureur le saisit comme chaque fois qu'il est confronté à ses erreurs.

Il se lève, secoué de colère, et fait signe aux pages de refermer la tente. Il en a assez vu. Il doit réfléchir. Il couvre son visage de ses mains. Elles sont glacées. Cela le calme et l'accable.

Dehors, comme il l'avait prévu, l'armée est en train de comprendre la situation. Les sabres frappent en cadence les boucliers. Sur ce martèlement qui emplit la vallée, les hommes, d'une seule voix formidable, saluent Mustapha du titre de Sultan. En contrepoint, en mineur, comme effrayés de leur audace, ils commencent à conspuer le nom de Soliman.

Rüstem Pacha entre dans la tente. Son lourd visage de potentat est empourpré par l'effarement de celui qui est habitué à tout contrôler et à qui soudain tout échappe :

– Il est de mon devoir, Seigneur, de vous informer de faits graves...

– Me crois-tu sourd ? dit Soliman.

– Il faut vous montrer, Seigneur, parler aux troupes. Vous seul pouvez les ramener à la raison.

– Quelle raison ? Il n'y a plus de raison. Écoute-les. Si je me montre, ils me lapideront.

– Aucun n'oserait...

– Aucun n'oserait s'il était seul. Mais c'est une foule et une foule qui s'est trouvé un chef pour marcher à sa tête.

– Réfléchissez, Seigneur…

– Crois-tu que je n'ai pas réfléchi ? Crois-tu que c'est la peur qui me retient ? S'il y avait une chance sur mille que ma présence et un discours puissent ramener sur ma personne le flot d'espérance qui porte Mustapha, j'y serais déjà.

– Alors, il faut gagner du temps…

– Le temps, Rüstem, joue contre moi et pour Mustapha. Cela fait des mois, des années que le temps joue contre moi et pour Mustapha. Maintenant, s'il ne meurt pas dans l'heure qui vient, il a gagné.

– Partez pour Istanbul, Seigneur. C'est là qu'est le Trésor. Nous bloquerons le paiement des soldes. Sans or, Mustapha ne tiendra pas un mois.

– Laisse l'or, Rüstem, tu t'es monstrueusement enrichi depuis que tu es Grand Vizir et tu crois que l'or règle tout. Mais, en vérité, tu ne comprends rien à ce qui se passe. L'artillerie, la cavalerie, tous les corps d'élite se trouvent ici, à Ereǧli. Avec quelles forces défendrai-je Istanbul et le Trésor ?

– Votre garde personnelle, Seigneur…

– Cinq mille hommes !

– Les janissaires, si nous leur promettons des gratifications…

– Vingt mille hommes ! On ne défend pas un Empire avec vingt mille hommes achetés et une cour de dignitaires corrompus, quand on a en face de soi ce prince mon fils, descendant légitime d'Osman, notre glorieux aïeul, ce prince à qui il suffit de paraître pour enflammer les cœurs. Écoute les soldats hurler son nom. Ils n'ont rien, eux. Ils vivent au jour le jour, avec parfois de grands rêves en tête, et, autrement, juste les astuces à courte vue et les méfiances butées qu'il faut pour ne pas mourir de faim. Ce sont leurs sautes d'humeur qui les mènent et surtout leur capacité sans limites à supporter l'insupportable. Car ils n'accumulent rien, même pas le souvenir des offenses et des injustices. On peut les séduire, on peut les tromper, on ne peut pas les vaincre.

Rüstem Pacha s'est mis à suer. Les gouttes de peur perlent sous son turban et glissent de son front à ses joues.

– Voulez-vous dire, Seigneur, que vous considérez qu'il n'y a plus rien à faire et que vous abandonnez...

– En d'autres circonstances, ce que tu viens de dire t'aurait coûté ta tête... Soliman n'abandonne pas.

– Pardonnez-moi, Seigneur, mais si vous ne voulez ni fuir, ni attaquer, que pouvez-vous faire ?

– Ce que j'ai décidé. Ce qui était prévu...

Rüstem Pacha s'agite. Les colliers de graisse de son cou tremblent :

– Aucun de vos gardes, aucun de vos pages, aussi dévoué et courageux qu'il soit, n'osera frapper Mustapha au milieu des soldats.

– Qui te parle de le frapper au milieu des soldats ? Nous allons le faire venir ici, devant ma tente.

– Il ne viendra pas. Il faudrait qu'il ait perdu la raison pour venir.

– Envoie-lui un messager, un homme qu'il connaît, un officier qui a servi près de lui. Il dira à Mustapha que je l'attends pour lui remettre mon abdication. Le mot « abdication » le fera accourir. Je le connais. A son âge j'étais comme lui : loyal, prudent, méprisant mon père Selim de toute mon âme, aspirant de toute mon âme à le remplacer, et pourtant paralysé à l'idée de le renverser.

Rüstem Pacha ne réplique pas. Plusieurs années d'expérience lui ont appris à se taire au moment exact où son inflexible maître n'écoute plus les conseils. Il se prosterne et sort pour exécuter l'ordre qu'il a reçu. Il ne croit pas à sa réussite. Sitôt le messager désigné, il se hâte de faire préparer une escorte et deux fourgons dans lesquels les pages de sa maison entassent les coffres et l'or des soldes. Quand le danger deviendra trop pressant, il fuira vers Istanbul. Dans la plaine, la multitude hurle, entre deux hourras à Mustapha, que Soliman est un vieux fou. S'il le pouvait, Rüstem Pacha le hurlerait aussi.

Pendant que le Grand Vizir assure ses arrières, le jeune officier chargé de transmettre à Mustapha l'offre de son père s'est élancé au galop, précédé de cinq porte-étendard. Arrivé au bas de la colline où est dressée la tente impériale, il se heurte à la masse des fantassins qui hurlent. Il essaie d'y pénétrer. Mais, à trois reprises, la foule l'expulse de ses rangs, comme une mer agitée ballotte un instant puis rejette sur la grève un morceau de bois. Il n'a pas l'air de se rendre compte qu'à cheval il n'a aucune chance de parvenir jusqu'au prince.

Soliman est sorti de sa tente. Il observe. Son règne et sa vie sont entre les mains de Dieu et de ce jeune imbécile qui, servant dans la cavalerie, doit considérer que mettre pied à terre serait déchoir. Pendant qu'il perd du temps, là-bas, encerclé et poussé par les tourbillons d'enthousiasme, Mustapha se rapproche du contrefort où sont établies les tentes des généraux, face à celle du Sultan, de l'autre côté de la vallée. Ces généraux, Soliman les a nommés lui-même. Il a fait leur carrière. Il les a couverts de bienfaits. Il estime leur valeur et leur fidélité. Mais il n'a aucune illusion. Si Mustapha arrive à eux dans les circonstances présentes, aucun ne prendra le risque de s'opposer à lui. Deux d'entre eux, tout au plus, les deux plus vieux, compagnons d'âge de Soliman, tenteront peut-être de gagner du temps, comme le voulait Rüstem Pacha. Alors c'en sera fait. Dieu aura changé de camp. Soliman sent un grand froid l'envahir.

La crise est brève. Au bas de la colline, à ses pieds, le cheval de l'officier effrayé par le hourvari des clameurs a renversé son cavalier et fuit au grand galop, les étriers battant ses flancs. L'homme se redresse. Sa chute l'a étourdi. Il tourne sur lui-même, agite les bras pour essayer sans doute de rassembler les porte-étendard dont les montures, affolées elles aussi, renâclent. Il semble ne plus savoir ni où il est, ni qui il est, ni ce qu'il fait là. Mais soudain, comme si l'importance de sa mission lui revenait brusquement en tête, tel un illuminé qui se jette dans le feu, il plonge dans la mêlée. Elle l'avale. On ne le voit plus.

Soliman ne s'impatiente pas. Dieu n'a pas mis son messager à terre pour l'abandonner maintenant. Sous les sabres brandis, l'homme progresse, de rang en rang, vers le prince. Sa trajectoire invisible est chaotique, parsemée de torses, de bras, de jambes entre lesquels il doit louvoyer, mais il arrivera au bout, il ne peut en être autrement.

Au loin, du côté de Mustapha, l'océan des soldats s'est ouvert pour laisser passer une vingtaine de sipahis, montés sur des étalons blancs. Aux oriflammes qui ornent leur lance, Soliman reconnaît la garde personnelle du général commandant la cavalerie. L'officier qui la dirige salue le prince et, après avoir obtenu son accord, dispose ses hommes autour de lui. Il est patent qu'il n'est pas venu l'arrêter, mais bien au contraire, sur l'ordre de son maître, l'honorer. Personne ne s'y trompe. D'un bout à l'autre de la vallée les ovations redoublent.

Soliman n'a pas cillé. Il attend toujours que son messager surgisse devant Mustapha et prononce le mot « abdication ». Un homme, un mot, et cette gigantesque mascarade d'espoirs irréfléchis et de trahisons sournoises, il se fait fort de la réduire à rien.

Dieu est avec lui : là-bas le jeune officier s'extrait de la masse hurlante. Il fait deux pas titubants et s'accroche à la selle d'un des sipahis. Ce dernier le repousse. Il tombe à genoux. Au moment où les soldats, surexcités par la proximité de leur idole, vont, dans leur aveugle déchaînement, le piétiner, Mustapha l'aperçoit. Il le reconnaît. D'une saccade brutale, il arrête son cheval. L'officier se glisse jusqu'à lui. Mustapha se penche. Il écoute.

Soliman regarde. Un mot, un seul mot, c'est vite dit, vite entendu. Pourquoi Mustapha reste-t-il penché, comme affaissé sur l'encolure de son cheval ? Il n'est pas homme à hésiter dans les moments dramatiques. Il est, comme son père, l'héritier de la race de fer. Que fait-il ? Que pense-t-il ? Quel signe, quelle illumination espère-t-il dans cette posture d'humilié ? S'il a compris que le mot abdication n'est qu'un appât pour le perdre, il n'a qu'à passer outre. La voie est droite jusqu'au trône. Qu'il poursuive son chemin, Soliman aura perdu.

Soliman a perdu. Mustapha s'est redressé et, sans un regard vers son père, a tendu le bras dans la direction opposée, vers les tentes des généraux. La marche triomphale reprend.

L'Éternel a choisi. Il a pris le parti de la jeunesse et de la multitude. Soliman l'accepte. A sa propre surprise, il ne ressent pas de détresse. Ce qui l'accable, c'est une soudaine et immense fatigue, comme si, avec le pouvoir, Dieu lui retirait l'énergie de l'exercer.

Retranché sur lui-même, il prie. Il demande à son Créateur, le Miséricordieux, de le protéger de la colère, de l'amertume, de toutes les pensées basses qui obscurcissent l'âme des vaincus. Ardemment, avec la force qui lui reste, il demande la grâce de demeurer, dans la déroute, digne et magnifique. Sinon quel sens auraient ses longues années de règne glorieux et cette ascèse par l'orgueil qu'il s'inflige depuis l'âge de vingt ans pour se porter à la hauteur de son destin ?

Derrière lui, les pages de sa maison qui se sont groupés pour suivre les événements murmurent entre eux. On dirait, en contraste avec les clameurs d'allégresse des soldats dans la plaine, une litanie de deuil. Ils ont compris que le jeu a échappé à leur maître. Ils savent que, sauf prodige, dans un moment, les partisans de Mustapha envahiront la colline et qu'ils devront alors fuir ou périr. Le prince a la réputation d'un homme magnanime. Mais quand l'histoire bascule violemment, dans la confusion des premiers moments, il n'y a pas de ralliement possible, pas de pardon à espérer. Il faut aux nouveaux vainqueurs du sang pour signer leur victoire.

Soliman se retourne et marche vers eux pour rentrer dans sa tente. Ils s'écartent à son passage. Ils attendent de leur Seigneur un signe qui leur rendra courage. Mais il se contente d'ordonner d'une voix brève qu'on aille chercher Rüstem Pacha.

Après l'éblouissante lumière qu'il a affrontée une demi-heure durant, la semi-obscurité de la tente le repose. Il foule les tapis de soie, respire l'odeur d'encens qui se répand en nappes au-dessus des lampes d'or. Ce décor somptueux et austère auquel il a toujours veillé, comme il a toujours veillé, jusque dans le détail, à la mise en scène de sa grandeur, mais que, depuis tant d'années, il occupait sans le voir, lui est aussi un bienfait. Il le soutient. En ces minutes, il a besoin de tous les secours, même les plus superficiels. Il appelle le chef de sa chambre :

– Je veux qu'on me revête du costume, du turban, du poignard et des joyaux que je porte pour les audiences solennelles. Où est Rüstem Pacha ? ajoute-t-il.

– On le cherche, Seigneur. Tout à l'heure deux fourgons portant ses armes ont pris la route...

– S'il est parti, qu'on le poursuive et qu'on le ramène. Envoie des hommes à toi.

Le chef de la chambre a reçu ses instructions. Il devrait saluer et se retirer. Mais son émotion l'emporte sur le protocole. Les yeux embués, il s'agenouille devant son maître, saisit sa main, la baise, la mouille de ses larmes :

– Je mourrai pour vous sauver, Seigneur. Tous ceux de Manisa qui gardent votre tente sont prêts à mourir aussi. Nous en avons fait le serment. Ce sera notre honneur et notre joie de sacrifier nos vies pour protéger la vôtre.

– Je te remercie, brave Nedim. Mais ma vie sans l'Empire, ce n'est rien. Je n'en veux pas. Mustapha prendra, je l'espère, l'une avec l'autre. Nul ne devra s'opposer à lui, puisque c'est la volonté de Dieu... Maintenant ramène-moi Rüstem Pacha. Il est le Grand

Vizir. Ce serait une tache sur la mémoire de Soliman que son Grand Vizir ne lui ait pas été fidèle jusqu'au bout. Et fais entrer les pages pour qu'ils m'habillent. Hâte-toi.

Vêtir le Sultan en sultan est une longue opération, un lent ballet de gestes codifiés, qui depuis l'ouverture des coffres où sont rangés les habits précieux jusqu'à la mise en place des plis sur le manteau mobilise vingt pages. La mort qui rôde sur cette cérémonie, la dernière de leur prestigieux office et, sans doute, la dernière de leur existence, fait trembler leurs mains.

Ils ont à peine commencé quand le chef de la chambre annonce Rüstem Pacha. Chacun attend qu'au moins d'une phrase le Grand Vizir s'excuse d'avoir manqué à l'appel de son maître. S'il n'a pas trahi, c'est qu'il n'en a pas eu le temps. Mais Rüstem Pacha est un de ces hommes au caractère froid, trempés par les intrigues, d'un cynisme à toute épreuve, qui, jusque dans l'infamie, ne se départent pas de leur aplomb.

– J'étais descendu, Seigneur, jusqu'au poste de garde le plus avancé, afin de m'informer sur les intentions de Mustapha.

Aucune ombre de colère ou de mépris ne passe sur le visage de Soliman. En ces instants il serait indigne de sa grandeur, et d'ailleurs parfaitement inutile, d'adresser des reproches à son Grand Vizir. Le contraindre à demeurer auprès de lui suffit. Il baisse la tête pour qu'on enfile sur son buste décharné une tunique de lin blanc, première pièce de son costume d'apparat.

– Quelles sont ces informations ? demande-t-il.

– Elles sont contradictoires, Seigneur...

Rüstem Pacha suspend sa parole. Il ne serait pas en peine d'ajouter des phrases aux phrases et d'inventer ce faisant un excellent prétexte pour quitter la tente impériale. Mais il a deviné, comme Soliman et les pages, que quelque chose de nouveau se passait à l'extérieur. Le fracas des voix et des armes entrechoquées est en train de retomber. Le silence gagne peu à peu. Les cris qu'on perçoit encore sont des ordres pour le commander. Bientôt tout se tait dans la vallée. Les deux cent mille hommes qui hurlaient et brandissaient leurs sabres semblent n'être plus qu'un seul être, frappé d'immobilité et retenant son souffle.

– Va voir, dit Soliman au chef de sa chambre.

Celui-ci sort et revient très vite.

– Mustapha est devant les tentes des généraux, debout sur un rocher. Tous les soldats sont tournés vers lui. Ils attendent qu'il parle. Voulez-vous le voir, Seigneur ?

– A quoi me servirait de le voir ? Ce qu'il faudrait, c'est l'entendre et nous sommes trop loin. Une voix d'homme, même la sienne, ne peut traverser la vallée.

Les pages se sont figés et n'osent plus bouger. Rüstem Pacha a profité de la distraction du Sultan pour reculer dans le fond de la tente, vers la sortie. Soliman se tait un moment. Rien n'en paraît dans son attitude, lui-même ne sait pas ce que présagent le silence de l'armée et le discours du prince, mais ces faits nouveaux ont réveillé son instinct du pouvoir. Le vieux lion préparait sa fin. Il continuera, c'est la raison. Pour autant, le voici aux aguets. Qu'une possibilité s'ouvre, il l'exploitera aussitôt. Il fait confiance à ses réflexes.

– Nedim, dit-il au chef de sa chambre, tiens-toi au courant de ce que dit et fait Mustapha, ainsi que des réactions des généraux et de l'armée. Tu me rendras compte.

Il hausse la voix :

– Toi, Rüstem Pacha, tu restes là. Je peux avoir besoin de toi. En attendant, ajoute-t-il, que les pages continuent leur office, sans trembler si possible. On ne leur demande pas de mourir pour leur Sultan mais seulement de le vêtir.

Le chef de la chambre part aux nouvelles. Rüstem Pacha s'approche. Faute d'avoir pu fuir, il s'apprête à dispenser analyses et conseils. Soliman le fait taire. Les pages ont repris le ballet de la parure. Dehors, dans le soleil, Mustapha parle. Au silence absolu qui a précédé le début de sa harangue a succédé une sorte d'énorme murmure, comme une prière chuchotée par des milliers de croyants. D'un bout à l'autre de la vallée, les soldats, de rang en rang, se transmettent ses paroles. A l'intérieur de la tente, dans la pénombre, ce ne sont que bruissements d'étoffes et tintements de bijoux.

Nedim revient. Il s'est hâté, il a couru, il souffle. Sans reprendre haleine, il répète ce que ses informateurs ont saisi du discours :

– Mustapha a dit aux soldats qu'il n'oublierait jamais cette journée. Il a compris leurs espoirs qui sont ceux de tous les peuples de l'Empire. Il a promis de ne pas les décevoir. S'il a pu hésiter sur son devoir, dorénavant celui-ci est tracé. Il l'accomplira avec l'aide de Dieu. Il leur a demandé de lui faire confiance et de rester disciplinés...

Une ovation formidable retentit dans la vallée. Nedim s'arrête de parler. A cet instant, un vieil officier paraît à la porte de la tente. L'importance des nouvelles qu'il apporte lui a donné l'audace de se présenter devant le Sultan sans y être invité. Le chef de la chambre s'apprête à se diriger vers lui pour écouter son rapport, mais Soliman le précède.

– Parle, dit-il à l'officier.

L'homme se raidit, sa grosse voix sonore retentit :

– Mustapha arrive. A la fin de son discours il a annoncé qu'il allait recueillir votre abdication... C'est cela qui fait crier les soldats.

– Bien, dit Soliman. Tu peux te retirer.

Il ne manque plus à son costume de sultan en gloire que le caftan de soie brodé, le poignard à manche d'émeraude et le turban. Posément, il se livre aux pages. Les yeux mi-clos, sans se préoccuper de Rüstem Pacha et de Nedim, qui, tournés vers lui, attendent, il prie et, en même temps, à un étage inférieur de sa conscience, ajuste les coups qu'il va jouer. Son cœur ne bat pas plus fort, son sang ne circule pas plus vite, son esprit est calme. Il y a un instant, Mustapha avait gagné. Il n'a pas encore perdu. La balance est à nouveau en équilibre. Dieu choisira le plus déterminé.

Les pages ont achevé leur œuvre. Ils se prosternent devant la personne de leur souverain rendue majestueuse par leurs soins puis disparaissent à reculons.

Soliman écarte la portière de sa tente. Il avance sur l'esplanade qui domine la vallée. Depuis le bas de la colline où il se trouve jusqu'à l'autre bord, les soldats ont dégagé au milieu de leur masse un chemin, large de quatre à cinq mètres. Ils en ont couvert le sol de leurs manteaux.

Ils continuent d'y jeter leur bonnet en hurlant longue vie au sultan Mustapha. Sur cette voie triomphale, celui-ci avance droit vers son père. Il paraît tendu. Peut-être n'est-ce dû qu'à la nécessité de contenir sa monture que les acclamations rendent nerveuse. Il a changé de cheval, mais il porte encore l'uniforme de campagne avec lequel il a voyagé depuis Bursa. On ne distingue pas les traits de son visage.

Le chef de la chambre et le Grand Vizir ont suivi leur maître sur l'esplanade. Soliman hèle Nedim. Il se penche vers lui.

– Fais dresser une toile devant ma tente. Personne ne doit rien distinguer depuis la vallée. Après quoi, tu me rejoindras.

Puis il se tourne vers Rüstem Pacha.

– Va attendre Mustapha en bas de la colline. Tu l'accueilleras en lui donnant le titre de Sultan. Tu le mèneras devant ma tente. Aucune escorte ne doit l'accompagner.

– Il se méfiera, Seigneur.

– Mustapha n'est pas Rüstem Pacha. C'est mon fils. Quand deux cent mille hommes en armes acclament notre nom, nous ne nous arrêtons pas à la méfiance. C'est toi qui te méfies. Mais que peux-tu faire ? Tu n'as plus le temps de fuir. Te jeter aux pieds de Mustapha ? Me trahir ? Tu sais bien que le premier acte de son règne serait de te liquider. Tu incarnes la corruption. Il n'y a plus que moi dans l'Empire qui pense que tes capacités d'administrateur l'emportent sur ta cupidité. Tu es condamné à m'obéir. Je te récompenserai. Va...

Quelques soldats ont aperçu la silhouette du Sultan. Ils commencent à la huer. Il n'entend pas les surnoms dont ils l'accablent, mais il discerne qu'ils expriment plus la dérision que la haine. Pour eux, malgré son costume magnifique, il n'est plus qu'un vieil homme dépossédé de la puissance.

Il se détourne et rentre dans sa tente. Il s'assoit sur son trône de fer. A nouveau, il est seul, à nouveau il pense à la mort, celle de Mustapha, celle de Cihangir l'estropié, celles de Selim et de Bâyesîd, ses deux autres fils, celle de Roxelane, leur mère, qu'autrefois il a aimée plus que le pouvoir, celles de tous les hommes et de toutes les femmes sur lesquels il a régné. Sa prière est pure, violente. Aucune compassion ne l'affadit. Dieu n'est pas un guichet pour les lamentations. Sa lumière efface les ombres, sa bonté incandescente brûle les cœurs. A sa volonté terrible Soliman offre la sienne qui en est le reflet.

Devant la tente, les gardes enfoncent en terre les perches où l'on tendra le rempart de toile que le Sultan a commandé. Nedim les harcèle pour qu'ils se hâtent. Quand la besogne est achevée, il rejoint Soliman.

– Et Mustapha ? demande celui-ci.

– Il arrive, Seigneur.

– Seul ?

– Rüstem Pacha le précède. Au bas de la colline, les soldats voulaient les suivre mais Mustapha leur a ordonné de l'attendre. D'après un garde, il leur a crié qu'il ne voulait pas accéder au trône sur le cadavre de son père. Ces soldats s'en sont pris au Grand Vizir. Ils l'ont injurié, l'ont menacé de le pendre mais ils ont obéi au prince. Je crois tout de même que Mustapha redoute quelque chose.

– Il a raison. Il a pris un risque inconsidéré en venant jusqu'ici. Il est trop avisé pour ne pas le savoir... Nedim, écoute-moi bien. Dès que le prince atteindra l'esplanade et que la toile le cachera aux yeux de l'armée, tu lâcheras les muets. Ils doivent agir très vite.

Le chef de la chambre a pâli. Un instant il hésite, déchiré entre un sentiment d'horreur et l'habitude de l'obéissance. Le sentiment l'emporte, il se jette aux pieds du Sultan :

– Épargnez Mustapha, Seigneur. Il serait atroce dans le moment même où il vous prouve sa loyauté...

Soliman l'interrompt :

– Si je ne le tue pas, c'est lui qui me tuera. Il ne pourra faire autrement. Je ne peux faire autrement. Il n'y a qu'un seul Sultan, un seul Élu de Dieu... Occupe-toi des muets.

Soliman écarte son serviteur et se lève. Malgré l'emprise qu'il a appris à exercer sur lui-même, l'émotion le gagne. Elle n'affaiblit pas sa détermination. C'est une sorte d'assèchement intérieur qui oppresse sa poitrine et, sans qu'il en paraisse rien, fait trembler ses muscles. Son corps se rétracte et vibre. Sa part humaine résiste à la violence qu'il s'inflige. Un moment il marche à travers la tente pour calmer cette nervosité. Il compte ses pas, tente d'harmoniser leur cadence à celle de sa respiration. Au passage, il saisit un miroir ovale pour observer son visage. Entre la barbe grise et la soie du turban, son teint est livide. Il ouvre la boîte de fards qui depuis quelques années ne le quitte pas et maquille lui-même sa peau. Personne ne doit s'apercevoir que l'empereur est un vieil homme bouleversé.

Sur l'esplanade, la voix onctueuse de Rüstem Pacha se fait entendre. A son habitude il a dû, depuis qu'il a pris le prince en charge au bas de la colline, l'abreuver de belles paroles. Mustapha l'interrompt. Soliman croit s'entendre. Cette voix grave, un peu sourde qui va droit aux choses, sans effet qui trahisse les sentiments, c'est la sienne. La distance l'empêche de comprendre les paroles qu'elle prononce. Il tend l'oreille une seconde, crispé par l'attention, mais aussitôt, se reprend, se contraint à respirer régulièrement. Que lui importe ce que dit Mustapha ? Il est trop tard pour les mots.

Il s'approche de la fente ouverte à hauteur d'yeux par laquelle un rai de lumière horizontal pénètre dans la tente. Mustapha se tient immobile devant Rüstem Pacha, une main posée sur la boucle de sa ceinture, l'autre pendant le long de sa jambe. Ses bottes et son uniforme sont couverts de poussière, et cette poussière rougeâtre, collée par la sueur, macule aussi ses avant-bras et son visage. Soliman n'a pas vu son fils depuis que celui-ci s'est établi à Bursa, il y a presque deux ans. Il sait qu'on répète dans l'Empire et dans les cours étrangères que le prince est son portrait au même âge. Cette ressemblance, il l'a considérée jusqu'à présent comme une fable inventée par ses ennemis pour parer son rival de sa grandeur. Mais là, elle le frappe comme une évidence. Cette longue silhouette maigre, ce nez busqué, ce regard autoritaire, cette prestance guindée, presque maladroite qui l'impose mais lui donne l'air d'être un peu ailleurs, c'est lui à trente ans.

Soliman tourne légèrement la tête. Les muets viennent de pénétrer sur l'esplanade dans le dos de Mustapha. Ils ont retroussé leur tunique pour ne pas être gênés dans leurs mouvements. Bras et jambes dénudés, trapus et velus, ils avancent en silence vers la proie que Nedim leur a désignée. Les cordes à étrangler pendent à leur poing droit. Du gauche, ils tiennent des poignards. Rüstem Pacha les aperçoit pardessus l'épaule de Mustapha. Il interrompt la phrase qu'il était en train de prononcer et se met à reculer. Mustapha alerté tourne les yeux de tous côtés puis, brusquement, fait volte-face. Les trois bourreaux s'arrêtent, paralysés par la surprise. Ils viennent de reconnaître le prince. Reclus dans leur fourgon ils n'ont rien suivi des événements et, comme à l'accoutumée, on ne leur a pas dévoilé l'identité de leur victime. Apeurés par la personnalité de l'homme qu'ils devraient frapper, aveuglés par le grand soleil, ils abaissent leurs bras et demeurent immobiles, la bouche béante, les paupières mi-closes, comme des statues de l'indécision. Dans la vallée, l'armée s'est remise à gronder. Le cri de « Mustapha Sultan », scandé sur un rythme accéléré, fait trembler la toile tendue au bord de l'esplanade. Les muets semblent se tasser sur eux-mêmes. Mustapha a enfin compris dans quel traquenard il est tombé. Appeler à l'aide ou implorer la pitié de son père serait également vain. A pas glissés, il se déplace latéralement le long du rempart de tissu, cherchant à atteindre le chemin qui dévale la colline. Il ne quitte pas des yeux ses assassins qui, comme hypnotisés, paraissent de plus en plus résignés à ne pas agir, écrasés par l'énormité du crime à commettre.

De l'intérieur de la tente, Soliman sort son poignard. A coups rageurs il élargit la fente qui lui a permis de suivre la scène. Par la brèche ouverte, il hurle :

– Tuez-le ! Tuez !

Son injonction n'a aucun effet sur les muets. C'est Mustapha, pour son malheur, qui réagit. Il se met à courir. Ce brusque mouvement déclenche ceux des trois hommes, comme, à la chasse, le sursaut de fuite du cerf acculé relance les chiens. Leurs instincts soudain réveillés, ils se jettent à sa poursuite, bondissent, le plaquent, l'écrasent dans la poussière, martèlent sa bouche pour l'empêcher de crier. Le plus lourd des trois enfourche son torse. Ses mains enserrent la gorge. Il se penche et, par saccades, sa figure déformée par l'effort, pèse, comprime, broie. Les cartilages craquent. Des gargouillis de sang se mélangent aux sifflements de l'air expulsé. La colonne vertébrale de Mustapha s'arque. Ses jambes ruent, secousses violentes qui soulèvent celui des muets qui tient ses chevilles, puis tout à coup très faibles. La mort gagne.

Quand le corps est inerte, Soliman recule dans l'ombre de la tente. Il s'assoit sur sa couche, épuisé, les mains ouvertes et pendantes. Cet abandon qu'il s'accorde ne dure pas plus de quelques minutes. L'essentiel est accompli. Il n'a plus de rival. Mais il doit garder l'initiative, enchaîner les actes aux actes, jusqu'au rétablissement éclatant de sa prééminence.

Rüstem Pacha se présente. Soliman le renvoie. C'est Nedim qu'il veut.

– Convoque immédiatement les généraux, lance-t-il à ce dernier dès qu'il entre dans la tente.

– Laissez-moi d'abord dissimuler le cadavre. Sinon la nouvelle va se répandre parmi les soldats et alors...

– Et alors quoi ? Ils n'ont plus de chef et il n'y a plus de Sultan pour me remplacer. Au pis ils auront un mouvement d'humeur. Les cinq mille hommes de ma garde suffiront le temps que leur colère retombe. Laisse le cadavre. Je veux que les généraux constatent de leurs yeux qu'il n'y a plus rien à espérer de Mustapha.

Nedim sort. Soliman convoque le chef de sa garde.

– Ma sauvegarde et celle de l'Empire sont entre tes mains. Quoi qu'il arrive, tu devras tenir une demi-heure. En attendant, saisis-toi de la personne de Rüstem Pacha. Tu l'enfermeras avec les muets.

Soliman prend place sur son trône de fer. Les minutes s'égrènent. Quand il était jeune, il était sujet à de furieuses crises d'impatience. Maintenant, puisqu'il ne peut ni arrêter, ni accélérer ce mouvement impalpable qui l'emporte avec le monde, il a pris son parti du cours du temps.

Dans la vallée, les soldats aussi sont dans l'attente. Leur silence n'est pas menaçant. La nouvelle de la mort de Mustapha ne les a pas atteints. Si certains l'ont apprise, parmi ceux qui se trouvent à portée de voix des gardes, en bas de la colline, ils doivent croire qu'il s'agit d'un faux bruit.

Pourtant les cris reprennent.

Ils sont confus, indistincts, comme si l'élan unique qui animait tout à l'heure l'armée se fragmentait. Soliman se redresse. Si les soldats se jettent à l'assaut de la colline, sa garde les arrêtera. Mais cela fera beaucoup de sang. Il a misé sur l'audace et sur la surprise. Il préférerait se passer de la force. La situation se compliquerait. Le temps, à nouveau, jouerait contre lui.

Son inquiétude ne dure pas. Un page lui annonce que Nedim et les généraux arrivent. Ils ont contourné la vallée par la route des crêtes, mais les soldats les ont repérés et s'agitent.

– Bien, dit Soliman. Ouvre la tente de telle sorte que le soleil éclaire mon trône.

Il se lève et va se placer devant la portière qui donne sur l'esplanade. Lorsque les généraux entrent, l'un après l'autre, introduits par Nedim, les yeux emplis de la vision du cadavre, ils se trouvent immédiatement confrontés au Sultan, sans recul possible, sans autre choix que de soutenir son regard et de s'incliner devant lui. Il baise chacun à l'épaule. Puis, avec la lenteur solennelle dont il maîtrise si parfaitement les effets, laissant les quatre hommes alignés dans la semi-obscurité, il va s'asseoir sur le fauteuil de fer, dans la grande lumière.

– Mon fils Mustapha est mort. Vous avez vu son corps sans vie. Je m'apprêtais à le recevoir lorsque Rüstem Pacha, se croyant menacé, l'a fait étrangler. Rüstem Pacha est en état d'arrestation. Ses biens seront partagés entre ceux dont la clairvoyance et la fidélité méritent récompense, c'est-à-dire vous quatre, généraux en chef de mon armée. Je compte sur chacun de vous pour annoncer à vos officiers et aux troupes la mort tragique du prince, le crime du Grand Vizir et son châtiment prochain. Je compte sur vous pour que le chagrin légitime qu'éprouveront nos soldats et, après eux, tous nos sujets, ne les conduise pas à des actes inconsidérés. Dieu – que béni soit son Nom – m'a laissé la garde de l'Empire et de la foi. Aussi longtemps qu'il me conservera la force d'accomplir mon devoir, personne ne doit craindre que j'y renonce.

Soliman s'interrompt. Il laisse le silence planer un long instant puis reprend sur un ton plus familier et plus sec :

– Chaque janissaire et chaque sipahi recevra une prime exceptionnelle. Nous levons le camp. L'infanterie se mettra en route dans deux heures à l'exception des janissaires. La cavalerie se mettra en route avant midi, à l'exception des sipahis. L'artillerie partira demain au lever du soleil. Je rejoindrai l'armée à Alep, avec les janissaires et les sipahis. Je veux qu'on m'y prépare une entrée triomphale, telle qu'on n'en a jamais vu. De grandes conquêtes nous attendent. Je vous conduirai à la victoire, comme je l'ai toujours fait depuis trente ans.

CIHANGIR

Le prince Cihangir a la voix douce. Lorsque des faiblesses le minent, elle devient inaudible. Par faiblesse il faut entendre un affaissement de l'âme si puissant qu'il gagne son corps. L'intérieur de son crâne est zébré de douleurs, les os et les muscles de ses membres, déjà tordus à la naissance, s'alourdissent d'une fatigue que le repos, au lieu de dissiper, aggrave. Parfois, il n'en peut plus, il s'évanouit. C'est un soulagement. Ce matin il ne s'évanouira pas. Il doit trouver autre chose.

– Amenez-moi au jardin, dit-il. Je veux voir mes juments.

Sa voix est si ténue que ses pages ne l'entendent pas. Il ferme les yeux dans son effort pour articuler une nouvelle fois sa demande. Les quatre gaillards, enfin attentifs, cessent de plaisanter entre eux, saisissent les brancards de la litière où le prince est allongé. Ils le portent près du bassin de marbre, devant les parterres de tulipes.

Bientôt, le chef des écuries se présente, suivi par les palefreniers qui tiennent en main une vingtaine de juments. Elles sont magnifiques et calmes, avec parfois des écarts d'ardeur. Leur sang s'échauffe, les veines saillent sous la soie des encolures, la découpe des muscles devient visible sur les poitrails et sur les croupes. L'une après l'autre on les fait défiler aux trois allures, le pas sur une allée de pavés où tintent les fers et ainsi le prince en vérifie la régularité, le trot puis le galop sur une piste ovale dont le sable absorbe et renvoie les foulées. Le spectacle de ses merveilleux chevaux distrait Cihangir de sa désolation. Ses jambes atrophiées lui interdisent de les monter. Il les contemple comme autrefois il écoutait de la musique, consolé pour un moment et même, certains jours de grâce, transporté de joie par la perfection harmonieuse. Mais il préfère les chevaux à la musique : ils sont vivants.

Cependant, là-bas, l'une des juments s'affole. Elle s'arrache à la prise de son palefrenier d'une torsion qui la dresse en déséquilibre sur ses jambes arrière. Elle bascule, les sabots battant l'air, se relève à demi et, pour rétablir son aplomb, piétine devant elle. Sa longe s'enroule autour d'un jarret. Elle retombe sur le flanc, tente de se libérer par de grands sursauts des membres qui resserrent l'entrave. La corde déchire la peau. Les saccades l'enfoncent dans la chair jusqu'au tendon. Plus la bête se débat, plus elle approfondit la blessure. La panique dilate son œil et lui tire des lambeaux de hennissement. Cihangir s'affaisse sur les coussins. La jument, atteinte à la plus fragile attache de son corps, boitera désormais, même si elle cicatrise.

Elle sera, à tout jamais, un être défectueux comme lui, bon à rien comme lui.

– Tue-la, dit-il au chef des écuries.

L'homme proteste.

– Nous pourrons en faire une poulinière.

– Tue-la, répète Cihangir, tue-la vite pour qu'elle ne souffre plus.

Puis il fait signe qu'on le ramène dans son pavillon. La marée de détresse l'a envahi de nouveau. Aucun raisonnement, aucun raidissement de l'esprit n'endigue ce flot où tout sombre dans une horreur égale : ses tares congénitales, le meurtre de Mustapha par leur père, la blessure de la jument. La vie est une tragique chiennerie. Il n'y a pas de fond à cette fange, pas de bord où se retenir. Et qu'il ne soit même plus capable, dans son accablement, de distinguer les choses graves des choses seulement pénibles, la mort d'un frère et l'accident d'une bête, ajoute à l'horreur. Il voudrait s'enivrer de vin, s'abrutir d'opium. Mais son organisme est paré contre ces secours : l'alcool lui donne des maux de tête atroces et l'opium lui fait vomir ses tripes. C'est seul, sans remède, sans volonté, qu'il doit non pas affronter, il ne l'affronte pas, mais accueillir cette misère. Le coup de feu qui abat la jument ne le fait pas sursauter. Le marasme où il est plongé tient la réalité du monde à distance.

Au début, quand il a appris la nouvelle, la mort de son demi-frère Mustapha – ils n'ont pas la même mère – ne l'a pas désespéré. On la lui avait racontée selon une version floue, où Soliman n'intervenait pas, un accident dont l'impétuosité de Mustapha était la cause. Il avait pleuré cette disparition avec la tristesse ordinaire d'un cœur tendre. Il connaissait mal Mustapha, avait peu vécu avec lui. Il l'admirait de loin et le craignait un peu. Il le trouvait fort et beau, avisé et généreux, doué de cette énergie droite, coulant de source, qui fait les hommes de grande envergure. Contrefait, exalté ou abattu pour des riens, honteux de ses défectuosités physiques et morales, il aurait voulu être comme lui. Ce n'était pas de la jalousie. L'existence de Mustapha le rassurait. Il avait l'impression de valoir quelque chose puisque son frère valait tant.

Mais, par des phrases échappées à ses domestiques, il avait fini par soupçonner la vérité. Lorsque le chef de sa maison, qu'il avait pressé de questions, la lui avait dite tout entière, il n'avait pas voulu y croire. Il savait certes que les meurtres d'État étaient une tradition dans la famille impériale. C'était abstrait dans son esprit, lointain. Que l'homme qui, avant d'être le Sultan, était, à ses yeux, son père, son père qui l'aimait, assassine le frère qu'il vénérait, qu'une telle barbarie fût possible, si près de lui, c'était trop d'horreur pour son âme fragile. Pourtant, il avait bien fallu qu'il l'admette. Le désespoir, comme un poison à action lente, avait anéanti, au fur et à mesure qu'il le pénétrait, tout recours à des sources de consolation. Personne n'était plus éprouvé et pitoyable que lui, pensait-il.

L'impératrice Roxelane se fait annoncer au malheureux prince. Outre Cihangir, l'estropié, elle a donné deux fils au Sultan. Toute son énergie, qui est considérable, tout son être, durci par vingt ans d'intrigues, sont tendus par la volonté de pousser Bâyesîd sur le trône. Elle haïssait Mustapha, fils d'une autre femme aimée avant elle par Soliman. La rumeur la donne pour l'inspiratrice de son meurtre. Roxelane laisse courir ces bruits et au besoin les entretient. Ils avèrent ce que l'on croit : l'influence déterminante qu'elle exerce sur le Grand Seigneur. Ils la servent, car sa puissance dépend de cette croyance.

Elle s'approche, à travers la pénombre, du lit où Cihangir endure ses douleurs :

– Lève-toi, dit-elle.

Il se tourne vers le mur :

– Laissez-moi... J'ai besoin de calme et ce n'est jamais vous, ma mère, qui me l'apportez.

– Tu souffres parce que tu aimes souffrir. La souffrance tu l'imagines, tu la grossis, tu la cultives. Reprends-toi !

Il a entendu mille fois cette injonction :

– Je ne peux pas... C'est là qu'est la souffrance.

– Stupidités, dit-elle.

Cihangir regarde ces épaules et ce cou épaissis par l'âge contre lesquels, enfant, bien qu'elle le repoussât très vite, il a goûté des instants de douceur. Il regrette son enfance comme un damné regrette le paradis. Il ne pouvait pas galoper dans la montagne avec ses frères, ni parader sur l'hippodrome, ni ramer sur le Bosphore, ni échapper aux eunuques pour courir les ruelles d'Istanbul. Pourtant, condamné à l'inaction, il aimait vivre alors. Être au monde allait de soi.

Son visage s'éclaire à ces souvenirs. Il semble entrouvrir la carapace d'indifférence renfrognée derrière laquelle il échappe d'ordinaire à sa mère. Roxelane le voit et en profite :

– A ta façon tu es aussi impénétrable que ton père, dit-elle pour le flatter.

Elle s'assoit au bord du lit :

– Où êtes-vous, ton père et toi, pendant qu'on vous parle ?

– Je ne sais pas, dit Cihangir, nous rêvons. Moi je rêve à mon enfance, et mon père, j'imagine, au sang qu'il doit faire encore couler pour le salut de l'Empire, sur vos conseils.

Quand Roxelane s'agace, un petit éventail à trois plis se creuse entre ses sourcils.

– Tais-toi, dit-elle, raisonne et raffermis-toi au lieu de gémir et de m'injurier... Tu ne m'as jamais servi à rien, Cihangir. Pour une mère c'est bien pénible.

– Mettre au monde un infirme, dit-il, doit être bien pénible, effectivement...

Il sent sa mère se braquer et tend vers elle une main apaisante :

– Ne prenez pas mal ce que je viens de dire. Je n'y ai

mis aucune malice. J'ai toujours pensé que vous avez souffert plus que moi de mon infirmité.

Roxelane fait un geste brusque pour écarter ces niaiseries. Elle a hâte d'en venir à son sujet.

– Cihangir, j'ai fait venir pour toi deux étalons turkmènes. Tu les apprécieras. Au prix que je les ai payés, ils doivent être très beaux...

Cihangir l'interrompt :

– ...sûrement très beaux. Mais sont-ils parfaits ? C'est mon caprice d'estropié ou plutôt de prince estropié : je ne veux que des chevaux parfaits.

Il a mis de l'insolence dans cette réplique, la seule insolence dont il soit capable, nourrie d'amertume et dirigée contre lui-même, mais Roxelane ne le saisit pas.

– Tu les verras, dit-elle. S'ils ne te conviennent pas, j'en ferai venir d'autres, encore plus chers.

Le regard de Cihangir est redevenu opaque. A nouveau, sa souffrance intime vide d'intérêt ce qui lui est extérieur. Les manœuvres de sa mère pour l'amadouer l'ennuient. Elle continue de parler mais il ne l'écoute plus. Au bout d'un moment elle serre son bras, sa voix devient pressante :

– ... Tu dois me rendre ce service.

– Quoi ? dit-il.

Les plis de colère reviennent entre les yeux de l'Impératrice.

– Tu fais semblant de n'avoir pas entendu !

– Quoi ? répète-t-il d'une voix morne. Que voulez-vous ? Quoi que ce soit, j'accepte. Mais laissez-moi.

– Tu as dit « j'accepte » ? Alors fais venir un messager et envoie-le tout de suite à Bursa.

– Pourquoi Bursa ?

– Parce que c'est là que sa mère tient caché le fils de Mustapha. Elle n'acceptera de le laisser venir à Istanbul que si c'est toi qui l'y invites. Elle imagine que tu aimais Mustapha. Elle imaginera que tu protèges son fils.

Soudain Cihangir comprend. En un éclair son indifférence brumeuse tourne à l'indignation.

– Le Sultan a tué le père, hurle-t-il, et toi maintenant tu veux tuer le fils, achever le travail, faire place nette devant le trône pour Bâyesîd. Jamais, tu m'entends, jamais je n'utiliserai la confiance que Mustapha avait en moi pour attirer son héritier dans tes griffes. Que tu aies pu penser que je le ferais, en échange de deux chevaux, est une souillure.

– Tu te trompes, je n'ai pas l'intention de tuer Murad.

– Quoi alors ? Lui briser les membres pour qu'il soit comme moi incapable de régner ?

– Calme-toi, Cihangir. Je veux seulement soustraire ce jeune homme aux intrigues. Il pourrait à son insu devenir un espoir, un pôle de ralliement pour tous ceux qui veulent abattre tes frères. Sa mère est une écervelée qui me hait. Elle n'a aucun sens de l'État. Nous devons les protéger contre eux-mêmes. Si tu le souhaites, Murad résidera dans ton palais...

Cihangir la coupe :

– Et un matin, je le retrouverai étranglé par vos sbires... Et on dira que c'est moi. Ça vous arrangerait, n'est-ce pas ?

– Tu préfères donc la lignée de Mustapha à la tienne ? C'est un crime, Cihangir, un crime contre Dieu qui t'a fait naître prince dans la descendance d'Osman et mon fils.

Cihangir ferme les yeux. Il n'écoute plus les plaidoyers de sa mère. Il est persuadé, à juste titre, qu'elle veut tuer Murad et qu'elle ne renoncera jamais. Il décide de faire son possible pour protéger ce jeune homme qu'il ne connaît pas. Cette décision silencieuse l'apaise.

– Murad doit avoir quinze ans, n'est-ce pas ?

– Un peu plus de quinze ans. On le dit très fort et grand pour son âge et aussi entêté que son père.

Cihangir cache son visage dans ses mains :

– A quinze ans, moi aussi, je voulais ressembler à Mustapha.

Roxelane s'emporte :

– Je te parle de l'Empire et tu ne penses qu'à toi !... Si Murad règne un jour, que Dieu nous l'épargne, crois-tu qu'il aura pitié de toi, tout infirme que tu es ? Il fera sans hésiter ce qu'il aura à faire, sachant que, si tu ne peux pas régner, tu peux engendrer des fils.

Cihangir fait signe à sa mère de s'éloigner. Il ne lui parlera plus. Il ordonne aux pages de tirer les rideaux. Il se mure dans l'obscurité et le silence.

Pour protéger Murad, il aurait fallu que Cihangir fût déterminé. Il fit quelques tentatives. Elles échouèrent. En son for intérieur il savait en les lançant qu'elles échoueraient. Avait-il jamais été capable d'agir ? Peser sur la réalité était hors de sa portée. Son terrain c'étaient les chimères. Il en était conscient et même plus que conscient, obsédé. Il passait le plus clair de son temps à ressasser son impuissance. Il se gorgeait de culpabilité. Mais, de loin en loin, il lui arrivait de s'absoudre. Son détachement de toute ambition, sa répugnance à se montrer féroce, son aversion des moyens par lesquels on fait cheminer ses volontés, bref, son angélisme lui paraissait une vertu. C'était fugitif, juste une éclaircie dans la sombre détestation de soi. Il aurait fallu pour que cela dure la certitude que son humilité résultait d'une décision. Or c'était son infirmité qui avait choisi. Il n'était pas un homme supérieur au-dessus de la mêlée. Il était un demi-homme en marge de la vraie vie. Il regrettait que ce ne fût pas son cerveau au lieu de ses membres qui eût été contrefait. Il aurait été un demi-idiot tranquille.

Il envoya d'abord un messager pour prévenir l'épouse de Mustapha des dangers que courait Murad. L'homme était porteur d'une grosse quantité d'or pour permettre à la mère et à son fils de se réfugier à Gênes ou à Venise. La moitié des pages de Cihangir et la quasi-totalité des femmes de son harem étaient à la solde de l'Impératrice. Le messager fut arrêté en sortant d'Istanbul. On retrouva son cadavre dans le Bosphore. Ensuite, Cihangir tenta de rassembler une escouade de mercenaires. C'était un projet qu'il avait ruminé des après-midi durant, allongé dans l'obscurité de sa chambre. Il rêvait les scènes comme s'il les vivait : ses soldats entrent de nuit dans Bursa. Ils enlèvent Murad qui les accueille avec des larmes de reconnaissance. Cet épisode-là il l'imaginait avec des élans d'autant plus émouvants qu'il prêtait à Murad sa propre sensibilité. La troupe galope à travers plaines et montagnes jusqu'en Perse. Le Shah fournit un palais et une garde. Murad grandit. Il est au plein de sa vigueur lorsque Soliman meurt. Il revient à Istanbul en triomphateur. On le couronne. Il règne. Cihangir ne réclame rien. Il se donne la satisfaction de ne jamais dire à son glorieux neveu que c'est à lui qu'il doit son destin.

Il demanda à Feridun, le chef de sa maison, de recruter sur le port une cinquantaine de reîtres prêts à tout pour de l'argent. Feridun était une créature de Soliman, au demeurant très dévoué à Cihangir. Connaissant les humeurs changeantes du prince, il fit traîner les choses. Au bout de quelques jours, comme c'était prévisible, l'exaltation de Cihangir tomba. Il cessa de harceler Feridun. Son projet avait été un rêve. Il devint un remords.

Au retour de la campagne militaire qui, après l'assassinat de Mustapha, l'a conduit en Perse, Soliman rend visite à son fils bien-aimé. Feridun l'a averti que le prince traverse une crise de profonde tristesse. Le Sultan se présente escorté d'esclaves porteurs de cadeaux destinés à égayer l'estropié. Cihangir fait mine d'apprécier les singes, les perroquets, la pie dans sa volière qui sait dire « Cihangir », l'émeraude en forme de poire que Soliman passe à son cou. Il remercie, il s'efforce de sourire. Sous l'effet de cette bonne humeur feinte, son visage, pâli par les insomnies, se colore. Il s'était promis d'interpeller Soliman sur l'assassinat de Mustapha à la première occasion. Mais les minutes passent sans qu'il se décide. Ce n'est pas la gêne et encore moins la crainte qui le retiennent, de lui le Sultan accepte tout. C'est le besoin, né de l'instant, de ne pas gâcher ce qui ressemble aux minutes de bonheur qu'il a connues enfant lorsque Soliman, abandonnant ses charges, venait jouer avec lui. Son père l'aimait, son père l'aimait plus que ses frères, plus que leur mère, plus que quiconque au monde. Cet amour, il n'avait rien à prouver pour le mériter. Et aujourd'hui encore, face à ce vieillard émacié qui sourit de le voir s'animer et sourire, l'adulte qu'il est devenu, s'il ne peut oublier la barbarie du meurtre de Mustapha, est conduit à suspendre sa répulsion. Il a honte de cette faiblesse. En même temps il se persuade qu'elle est peut-être la plus humaine des attitudes. Puisqu'il est le seul à susciter de la tendresse chez son père, n'est-ce pas son devoir d'accueillir cette tendresse ? Près de lui son père n'est plus un monstre.

Soliman s'est assis et a déposé son turban. Il a tenu à faire la route du retour jusqu'à Istanbul à cheval, en tête de son armée, afin que ses sujets constatent qu'il est toujours le Grand Seigneur conquérant, le lieutenant de Dieu sur terre, malgré l'âge et les vicissitudes. Il souffre des reins, ses jambes sont lourdes.

Cihangir, qui jouait avec la pie, la remet dans sa cage :

– Je lui apprendrai à dire votre nom, mon père.

Il revient en claudiquant vers Soliman et, poussant le turban, s'allonge près de lui :

– Vous semblez fatigué...

– Pas plus fatigué que d'habitude, dit Soliman, plus vieux.

– Ne cherchez pas à vous faire plaindre, mon père, ne renversez pas les rôles. Celui qui a besoin de consolation, c'est moi.

Soliman pose la main sur celle de son fils. Ils ont les mêmes mains pâles aux longues phalanges, aux articulations osseuses qui saillent.

– Feridun m'avait annoncé, dit-il, que tu étais malade de mélancolie. C'est un imbécile. Tu vas bien.

– Feridun n'est pas un imbécile. C'est le plus attentionné, le plus dévoué et le plus loyal des serviteurs. Je vous remercie de me l'avoir donné. Quant à moi, je vais bien parce que je vous vois.

– Qu'est-ce qui te rendait malade ? L'Impératrice, comme Feridun, s'inquiétait.

– Ma mère trouve que je vais mal depuis ma naissance.

– Ne sois pas sarcastique en parlant de ta mère. Elle a dû affronter de rudes défis... Elle vieillit comme moi. Nous avons besoin d'indulgence.

Soliman se lève :

– Je dois te quitter maintenant.

Cihangir prend le turban pour le tendre à son père. Il a espéré quc Soliman aborderait de lui-même la mort de Mustapha. Quelques mots d'explication auraient suffi, à cet instant, sinon à refermer sa blessure, du moins à l'apaiser pour quelque temps. Au moment où le Sultan saisit son turban, Cihangir tente de l'aiguiller sur le sujet :

– On m'a rapporté que vous aviez choisi un nouveau Grand Vizir...

Soliman ne répond pas. Cihangir poursuit :

– On m'a dit aussi que vous aviez chassé Rüstem Pacha parce qu'il avait pris à Ereğli une initiative malheureuse et cruelle qui aurait pu retourner contre vous les janissaires.

Soliman enfonce le turban sur sa tête :

– Ne te préoccupe pas de ça, dit-il. Ce sont mes affaires. Préoccupe-toi d'aller bien.

Au lieu de se diriger vers la porte, il fait un pas en avant. Il passe un bras autour des épaules de son fils et le serre contre lui. Le geste est tellement inattendu, tellement extraordinaire venant du Sultan que Cihangir a les larmes aux yeux. Il reste contre l'épaule de son père. Il prend courage dans son amour. Ce bien qui lui vient, il ne le puise pas dans la solidité de Soliman mais, à l'inverse, dans la pitié qu'il éprouve envers cet homme qui, pour accomplir sa tâche de souverain, a dû renoncer aux sentiments humains ordinaires. Tout frêle qu'il soit entre les bras de son père, il a sur lui la supériorité de la compassion. Sa confiance en lui se restaure.

Cihangir tomba amoureux. C'était une très jeune fille, une servante. La première fois qu'il la vit, elle entrait dans le harem, portant l'eau chaude destinée aux bains des femmes. Il la suivit, touché par la gracilité de cette silhouette que le poids de la jarre sur sa hanche incurvait. Elle marchait à petites enjambées comme une danseuse qui compte ses pas. Ses pieds nus, des chevilles un peu épaisses, corrigeaient ces affectations. Il la laissa s'enfoncer dans le dédale de couloirs. Elle se déplaçait beaucoup plus vite que lui. Elle lui échappa. Il pensa qu'elle avait disparu, ou plutôt joua à craindre qu'il ne la reverrait plus, que, même s'il la rencontrait à nouveau, il ne la reconnaîtrait pas. En la suivant, il avait seulement distingué de son visage un profil perdu, une joue ronde, la pointe d'un sourcil.

Lorsqu'il la retrouva, elle versait l'eau dans la vasque des bains. Des braseros projetaient les lueurs de leurs courtes flammes sur la voûte du plafond et sur les murs recouverts de céladon. La pièce était minuscule, confinée, chaude comme un nid. Il la contempla, caché derrière une tenture. Elle avait posé un pied sur le rebord de la vasque et, pour plus de commodité, avait relevé sa robe sur sa jambe. La jarre était couchée en appui sur son genou nu. Les bras en corbeille, la nuque et le dos ployés, elle se penchait sur l'eau qui coulait, attentive à éviter les éclaboussures. Il songea à une jeune mère ou à une sœur aînée qui distribue le lait aux petits. Il y avait en elle quelque chose d'appliqué et de désinvolte, de trivial et de raffiné qui venait de sa posture mais la dépassait, comme s'il s'agissait d'une qualité morale, difficile à définir, mais certaine, évidente : la générosité. Il songea, souriant tout seul, qu'il faudrait toujours contempler les femmes à leur insu. C'est dans leur naturel qu'elles sont le plus émouvantes.

Il fut un peu déçu quand elle se retourna et qu'il vit son visage. Il était modelé sans finesse, flou comme celui d'un nouveau-né : un front trop bombé, un nez trop petit, des joues légèrement empâtées. Sans la merveille des grands yeux couleur de marron, elle aurait été à peine jolie. Elle posa la jarre sur le sol et, du bout des doigts, caressa l'eau de la vasque afin, sans doute, d'en éprouver la chaleur. Elle s'immobilisa un instant, tendant l'oreille pour s'assurer que personne ne venait. Puis, avec des saccades d'épaules, elle fit glisser sa blouse sur son buste sans l'enlever complètement. Cihangir ne souriait plus. Il était ébloui, fasciné par ses seins. Il lui semblait n'en avoir jamais vu d'aussi charnels. Ils magnifiaient la jeune fille, non comme des perfections ajoutées à sa personne mais comme la représentation tranquille, satinée et palpable, de sa bonne nature. Elle puisa de l'eau avec sa paume et s'en aspergea la poitrine. Il ne la laissa pas poursuivre sa toilette. Sans savoir ce qu'il faisait, mû uniquement par l'attrait qu'elle exerçait sur lui, il avança vers elle. Profitant de sa surprise, il la prit par les bras, au-dessus des coudes, l'immobilisant pour mieux la regarder. Elle ne cria pas, ni ne se débattit. Il crut qu'elle l'avait reconnu et qu'elle n'osait résister. Mais ce n'était pas cela, ses premiers mots le prouvèrent :

– Qui êtes-vous ? Sauvez-vous ! Si on vous voit, les eunuques vous tueront !

Elle parlait très vite, comme si le souffle allait lui manquer. Il constata par la suite que c'était son débit ordinaire. Cette précipitation donnait à ses phrases, quel qu'en fût le sens, quelque chose d'éperdu et de gai. On avait l'impression qu'elle vous demandait d'éclaircir un mystère, de trouver un secret derrière lequel elle courait.

– Ne craignez rien, dit-il.

Il lâcha ses bras, prit sa taille à deux mains, la serra comme pour faire jaillir la jeune fille vers lui, lâcha sa taille, prit son visage, son cou, revint à ses flancs, la soulevant presque pour mieux la sentir contre lui. Il la découvrait mais il lui semblait qu'il la reconnaissait, tiède et fraîche selon les endroits, ferme et amollie, avec cette odeur d'amande et aussi le poil caché sous les aisselles, comme un duvet d'aiglon, et le halètement humide sur ses lèvres. Il voulut l'embrasser. Elle recula la tête :

– Vous êtes fou ! Vous voulez mourir ? Les femmes vont arriver, elles vous verront, elles hurleront. Sauvez-vous !

– Ne craignez rien, répétait-il, ne craignez rien.

– Ce n'est pas pour moi, dit-elle. Ils me renverront, ce n'est pas grave. Vous, ils vous massacreront, aucun homme n'a le droit de pénétrer dans le harem.

Elle se dégagea de son étreinte :

– Je vais vous montrer la sortie. Venez vite.

Elle passa la petite porte ogivale et se mit à courir dans le couloir. Cihangir aurait voulu courir avec elle. Ses jambes atrophiées l'en empêchaient. Il cria :

– Ce n'est pas la peine !

Elle ne l'écoutait pas. Elle fuyait comme un animal. Il la vit disparaître à un angle. Tout redevint obscur et silencieux.

Quand il déboucha au jour, dans le jardin clos qui précédait l'entrée du harem, il ne la vit nulle part. Il aurait pu appeler. Les eunuques, aussitôt accourus, l'auraient retrouvée et la lui auraient ramenée en quelques minutes, effrayée certainement, mais consentante aux volontés de celui qu'elle aurait su alors être son maître. Il hésita puis renonça. Un instant il crut lui-même que c'était par délicatesse. Mais dans l'instant suivant, repris par le démon de la culpabilité, il fut submergé par un sentiment d'à quoi bon qui lui parut être la véritable cause de son abstention. A quoi bon se faire livrer cette fille comme une proie ? A quoi bon l'émotion et le désir qui l'avaient traversé ? A quoi bon se monter la tête ? Il était infirme. La seule réalité c'était sa mélancolie, la seule voie c'était le renoncement.

Pourtant, quelques nuits plus tard, il rêva d'elle. Au réveil, il ne se souvenait plus des épisodes du rêve. Il gardait seulement une irradiation de bonheur dont la jeune fille aux beaux seins était le centre. Il appela Feridun qui veillait à sa porte et, comme si son rêve continuait, lui demanda de retrouver la petite servante et de l'installer dans une maison près du Bosphore.

– Elle ne doit pas savoir que cela vient de moi, ajouta-t-il. Fais en sorte qu'elle croie être l'héroïne d'un conte...

Quoi qu'il pensât de la possibilité de faire croire une chose pareille à une servante, Feridun obéit de son mieux. Deux jours plus tard il revint annoncer à Cihangir que la jeune fille – elle s'appelait Zohoral, lui apprit-il, et était la fille d'un marin mort au combat – emménageait l'après-midi même dans la maison qu'il avait louée pour elle. Cihangir s'y fit conduire aussitôt. Il renvoya ses porteurs et sa suite. La maison lui plut. Construite en bois, plus haute que large, pleine d'escaliers et de recoins, elle lui parut un jouet, avec ses pièces superposées de guingois, le hangar pour les barques qui avançait sur les eaux du Bosphore, la véranda aux parois ajourées où nichaient des hirondelles. Il avait à peine fini de la visiter qu'il vit arriver Zohoral. Elle poussait devant elle, ou plutôt retenait dans la pente du jardin qui s'étendait derrière la maison, une charrette à bras où elle avait entassé ses affaires. Une vieille femme et deux jeunes garçons chargés de ballots la suivaient. Lorsqu'elle aperçut Cihangir debout à la porte, elle posa les brancards de la charrette, courut vers lui et prit sa main droite qu'elle baisa. Après la visite de Feridun elle s'était renseignée et avait fait ses déductions. Zohoral était une petite personne perspicace, il ne lui avait pas fallu réfléchir bien loin pour deviner l'identité de son bienfaiteur. Cependant, elle se garda de le saluer par son titre de prince. Puisqu'il semblait vouloir l'aimer en secret, loin du harem, elle était décidée à se plier à cette fantaisie. Elle dit à Cihangir qu'elle s'était permis d'amener avec elle sa grand-mère et ses frères. C'était elle qui les faisait vivre et elle ne pouvait vivre sans eux. Il approuva. Il trouvait décidément exquis sa beauté sans apprêt et cet air de gaieté prête à jaillir au premier signe de bienveillance. Tout ce qui pouvait rendre heureuse Zohoral, il le ferait. Il le lui dit. Ce n'était pas un engagement qu'il prenait. C'était un mouvement de tout son être. Il était porté vers elle, avec une grande soif de la posséder, de se repaître d'elle et une soif aussi grande de la délivrer, de lui offrir le monde.

Elle se laissa chérir et dès le premier jour leur amour prit la couleur, pour Cihangir suave, d'un jeu entre deux enfants, en marge de l'univers adulte, un jeu où se succédaient les fous rires, les explorations érotiques minutieuses, les courses d'excitation pendant lesquelles ils se poursuivaient à travers les pièces, les siestes partagées sans mots, les chamailleries de chiots achevées par des baisers léchés, les étreintes balourdes, les longs récits chuchotés dans la nuit où s'échangent les peurs imaginaires. Il semblait que Zohoral ne voyait pas qu'il était infirme, ne l'avait jamais vu.

Cihangir ne lui parla pas du meurtre de Mustapha par Soliman, ni de la volonté obstinée de Roxelane d'assassiner le fils de Mustapha. L'adoration mêlée de répulsion que lui inspirait son père, la crainte, mêlée de mépris, que lui inspirait sa mère, il ne les oubliait pas. Mais, grâce à l'amour de Zohoral, elles étaient cantonnées dans un coin de conscience, elles ne le torturaient plus.

Lorsque Zohoral lui annonça, un peu interdite, qu'elle attendait un enfant, il en fut heureux, d'un bonheur ferme d'adulte. Les enfants dont avaient accouché les femmes de son harem, quatre, pour autant qu'il se souvenait, étaient morts à la naissance. Il n'en avait pas ressenti plus de peine qu'il n'avait ressenti de joie en apprenant leur conception. Cette fois, tout était différent. Il fit engager trois servantes pour que la jeune femme ne prît dorénavant aucune peine, offrit un coffret empli d'or à la grand-mère en lui faisant promettre une attention de tous les instants et passa au cou de la future mère un collier dont le prix aurait permis qu'elle vive honorablement, elle, sa famille et sa descendance pendant au moins deux générations. Quant à lui qui s'était jusqu'alors complu dans les distractions contemplatives, il décida de se mettre à la chasse au faucon. C'était une activité digne d'un futur père. D'ailleurs cela avait été la passion de son père à son âge et la passion de Mustapha. Il dessina et fit construire un siège emboîté dans une carriole qu'un cheval tirait et que deux esclaves suffisaient à porter quand le terrain devenait impraticable pour le cheval. Ainsi équipé, il pouvait parcourir les collines aussi facilement que si ses jambes avaient été valides. Tous les après-midi Feridun l'accompagnait dans ses expéditions, réjoui de voir son prince lâcher des faucons et les exciter d'une voix forte à fondre sur le gibier.

L'hiver vint, très rigoureux. Mais ni le froid ni la neige n'arrêtaient Cihangir. Un soir qu'au retour de la chasse ils trottaient dans la forêt vers la maison du Bosphore, Feridun sollicita la permission de quitter son service pendant quelques semaines. Cihangir refusa. Il ne pouvait se passer de Feridun. C'était son indispensable compagnon, le seul homme de sa maison en qui il avait confiance. Feridun insista. Cihangir, surpris et blessé, s'obstina dans son refus. A la fin Feridun dut avouer qu'il serait contraint de passer outre, car c'était aux ordres du Grand Seigneur qu'il devait d'abord obéissance et celui-ci l'avait requis pour une mission.

– Quelle mission ? demanda Cihangir.

– Je l'ignore.

– Je dirai à mon père qu'il choisisse quelqu'un d'autre.

– Je me suis permis de le lui suggérer, dit Feridun. Il m'a répondu que j'étais le seul qui convenait.

Le gros nez de Feridun était bleui par le froid et, à travers les flocons de neige que le vent poussait entre eux, Cihangir voyait ses yeux de chien triste qui coulaient.

– Tu pleures ? demanda-t-il.

– Non, répondit Feridun. C'est le froid.

– Tu en sais plus que tu ne veux me dire, n'est-ce pas ?

– J'obéis au Sultan, balbutia Feridun. Je n'ai pas le choix.

Puis, pour faire diversion, il tendit la main :

– Regardez, Zohoral guette votre arrivée dans la véranda !

Cihangir tendit le cou.

– Où ? dit-il. Tu te trompes, c'est une servante.

Il se renfonça dans son siège :

– Maintenant, laisse-moi, Feridun, Zohoral m'attend. Elle est fidèle, elle. Elle n'obéit à rien d'autre qu'à l'amour que je lui porte.

Un mois environ après le départ de Feridun, la cour s'agita. Cihangir ne chercha pas à savoir pourquoi. L'amour de Zohoral, si merveilleux qu'il fût, ne le garantissait pas contre la maladie du malheur. Un accroc dans l'état harmonieux qu'il connaissait risquait de la relancer. Déjà la désertion de Feridun avait été une alerte d'abattement. Il lui avait fallu plusieurs jours pour en sortir.

Il apprit tout de même que sa mère la Sultane avait convoqué ses deux frères, Bâyesîd et Selim. Il s'agissait certainement pour elle d'empêcher que leur rivalité, aiguisée par la mort de Mustapha, n'éclate violemment.

Bâyesîd tenait Cihangir pour quantité négligeable mais, homme de devoir, s'en faisait un de saluer son jeune frère chaque fois qu'il se trouvait à Istanbul. Il vint donc, en grande cérémonie, assurer l'infirme des sentiments qu'il lui devait. De son père il avait hérité les airs majestueux, mais pas le caractère. On le disait bête. Il ne l'était pas autant qu'on le répétait. Ses vues étaient fermes et, parfois, dans leur simplicité, justes. Pieux, sans vices à satisfaire, épris d'honneur, sa droiture l'empêchait de prendre en compte les motivations les plus fréquentes des hommes. D'une certaine façon cela lui dégageait l'horizon. Idolâtré dès la naissance par Roxelane dont il était le premier fils, il tenait pour acquis qu'il succéderait un jour à son père. Rien n'ébranlait cette certitude fondatrice. Rien n'égale le vœu d'une mère pour fonder un destin. La valeur et la popularité de Mustapha n'avaient jamais paru à Bâyesîd des obstacles sérieux à la réalisation du sien. Sa mort ne l'avait pas surpris. Si leur père ne s'en était pas chargé, Dieu aurait trouvé un autre moyen. De même il méprisait les intrigues tortueuses qu'ourdissait son frère Selim pour tenter de le supplanter. Cihangir le trouva inchangé, à peine plus solennel qu'à son habitude. Bâyesîd ne daigna pas l'informer des raisons de son séjour à Istanbul. Il annonça, comme un événement majeur de l'Empire, la naissance d'un nouveau fils – cela lui en faisait cinq, la pérennité de la dynastie d'Osman était assurée –, encouragea Cihangir à se bien porter et à tenir son rang avec dignité puis prit congé. Il repartait inspecter les places fortes et parcourir les provinces. Assurer, par sa présence auguste, crainte et respect aux soldats, aux fonctionnaires et aux peuples était une tâche qu'il accomplissait sans relâchement.

Dès le lendemain, ce fut Selim qui se présenta à la maison sur le Bosphore. Il commença par des compliments à Zohoral que sa présence intimidait. Lorsque la jeune femme se retira, il félicita Cihangir de sa conquête :

– Tu mérites ton bonheur tranquille. Je t'envie.

Cihangir connaissait bien Selim, son goût de la crapulerie que compensait une réelle générosité, son besoin de corrompre que limitaient la désinvolture et le manque de persévérance. Il se sentait beaucoup plus à l'aise avec lui qu'avec Bâyesîd. Selim acceptait qu'on le rembarre pour autant que ce fût sur un ton plaisant.

– Non, tu ne m'envies pas, répondit-il. Le bonheur tranquille te ferait crever d'ennui, tu as toujours préféré tes compagnons de beuveries aux femmes et, par-dessus tout, tu détestes ce qui est mérité.

Selim se mit à rire. Il avait un étrange rire qui partait bien gras de sa bedaine et s'amenuisait en trilles qu'il lâchait en trois séquences, comme un pigeon en quête de femelle.

– Notre mère a raison, dit-il. Tu es le plus malin de nous trois. Il n'y a que ce pauvre Bâyesîd pour ne pas s'en douter.

Il tâta de la main la banquette de bois pour s'assurer qu'elle supporterait son poids et s'assit avec une grimace. Il était habitué au confort le plus douillet et, même en campagne militaire, s'entendait à se le procurer.

– Fais-nous apporter à boire, dit-il. J'espère que ton vin est plus doux que tes sièges.

Une servante emplit sa coupe. Il la leva vers Cihangir :

– Puisque tu ne bois pas, je boirai pour deux. Pendant ce temps raconte-moi ce que t'a dit Bâyesîd. Je suppose qu'il voulait s'assurer de ton appui.

Selim malaxa d'une main l'épaule de son frère et lâcha ses trois rires :

– C'est que tu es un personnage considérable maintenant ! Même Bâyesîd qui ne distingue rien au-delà de son grand nez a compris qu'il vaut mieux t'avoir avec soi.

Cihangir se raidit. L'allusion de Selim à son importance « maintenant », la complicité gaillarde qu'il lui manifestait, comme de deux cyniques qui s'entendent à demi-mot, l'inquiétaient. Pourquoi ce « maintenant » ? Que s'était-il passé pour que Selim s'alarme de la visite de Bâyesîd et se donne la peine de le visiter à son tour ?

– Bâyesîd ne m'a rien demandé, dit-il. Je ne vois pas pourquoi il l'aurait fait. Je ne suis pas un personnage considérable, pas plus aujourd'hui qu'hier, et je ne tiens pas à l'être.

Pendant qu'il parlait, Selim vidait sa coupe et l'observait par-dessus avec des yeux très attentifs. Il s'essuya les lèvres.

– Allons, Cihangir, dit-il, ne fais pas la bête avec moi. Tu sais que je sais...

Il avait gardé un ton d'invite malicieuse mais avec moins d'allant, comme quelqu'un qui est en train de se rendre compte que son ton ne convient pas, que quelque chose lui a échappé.

– Je ne sais rien, dit Cihangir sèchement.

Il se leva et, traînant ses jambes infirmes, alla s'accoter à la fenêtre qui ouvrait sur le Bosphore, le dos tourné à Selim. Celui-ci se resservit à boire. Il ne doutait plus d'avoir fait fausse route. Après un silence, il relança son affaire par une question apparemment sans rapport avec ses propos précédents.

– As-tu des nouvelles de Feridun ?

– Non, répondit Cihangir. Il a quitté mon service il y a un mois pour une mission que lui a confiée le Sultan. Il ignorait quand il reviendrait, en tout cas il ne me l'a pas dit.

Cihangir se retourna vers Selim.

– Pourquoi t'intéresses-tu à Feridun ?

Selim écarta la question d'un geste. Le regard brouillé par l'alcool, l'élocution ralentie, il poursuivit ses propres interrogations.

– La mission de Feridun, es-tu sûr que c'était une initiative du Sultan et pas plutôt de notre mère ?

– Feridun ne serait pas parti sur un ordre de notre mère et d'ailleurs je ne l'aurais pas laissé partir, dit Cihangir.

La formulation de sa réponse était raide mais sa voix tremblait. Des faisceaux de suspicions l'assaillaient. Il lui semblait qu'il se dissociait. Une part de lui, sous le contrôle de sa raison, attendait d'en savoir plus pour en tirer les conséquences et adopter une attitude appropriée ; une part de lui, de plus en plus envahissante, partait en débandade comme une armée qui se disperse avant même d'avoir vu l'ennemi. Il prit la coupe des mains de Selim et la vida. Il n'essayait pas de se donner de l'assurance. Il la mimait. En lui, par-dessous, c'était déjà la déroute.

– Maintenant je dois savoir, dit-il. Parle, Selim, parle-moi...

– Je ne peux croire que tu ignores ce que toute la cour sait depuis deux jours...

– On ne me dit rien et je ne demande rien. Ma force d'ignorance est inimaginable par un homme comme toi. Allons, Selim, parle à ton frère contrefait...

– Eh bien, dit Selim, ton cher Feridun s'est rendu à Bursa. Il s'est introduit auprès de Murad, le fils de Mustapha. Celui-ci s'est laissé approcher. Il savait le dévouement de Feridun à ta personne et il savait les bons rapports que tu entretenais avec son père. De tout autre officier arrivant d'Istanbul il se serait méfié, mais pas de Feridun. Feridun a tué Murad à coups de poignard. Il s'est enfui avant que les gardes ne le saisissent. Ils étaient restés à l'extérieur du palais, sans méfiance, eux non plus. Tout le monde a pensé, tout le monde pense encore à la cour que c'est toi qui as envoyé Feridun à Bursa. On dit « l'aigle a frappé le félon, le fils de l'aigle a frappé le fils du félon ». On s'en réjouit, surtout parmi les proches de notre mère. La lignée de Mustapha est éteinte. La lignée de Roxelane triomphe.

– Je n'y suis pour rien, dit Cihangir d'une voix très basse.

Maintenant qu'une certitude avait remplacé les soupçons, il se sentait calme, calme comme la nuit.

– Tu n'y es peut-être pour rien, dit Selim, mais ton intérêt est de laisser croire le contraire.

Cihangir sourit brièvement à Selim puis tourna le regard vers la fenêtre. Sur l'embarcadère de bois, devant la maison, les deux jeunes frères de Zohoral pêchaient, assis l'un près de l'autre, les pieds dans l'eau. Plus loin sur le Bosphore, une galère se dirigeait vers la Corne d'Or. On entendait les cris du chef de nage qui cadençait l'effort des rameurs. Cihangir revint à Selim qui s'était à nouveau servi de vin et qui buvait, affalé sur le banc, le ventre en avant.

– Mon intérêt, ce n'est pas moi, murmura Cihangir, ce serait trop simple.

Selim rota.

– Je ne comprends pas, dit-il, trop subtil... Mais ce que tu dois comprendre, toi, c'est que désormais la succession va se jouer entre Bâyesîd et moi. Notre mère appuie Bâyesîd. Toi qui vois clair, tu sais que Bâyesîd n'a rien dans la tête. Le Sultan hésite. Mais il t'aime et il t'écoute...

– Non, dit Cihangir. Il m'aime et il me bafoue... Ne compte pas sur moi. Personne ne doit compter sur moi, en aucune circonstance.

A peine Selim parti, Cihangir se fait conduire au palais de Topkapi. Il veut agir vite, pendant que la blessure est fraîche, qu'il lui reste des forces, avant que la détresse ne le paralyse, comme une gangrène. Il demande à voir le Sultan. Le chef de la chambre lui répond qu'il se repose. Cihangir exige qu'on l'annonce quand même.

Soliman ne dort pas. Engoncé dans une pelisse de loutre près de la cheminée, le poing ganté de fer, il nourrit un jeune faucon. Il fait signe à Cihangir de prendre place près de lui. Mais, comme Cihangir n'en fait rien, il n'insiste pas.

– Tu t'es remis à chasser, m'a-t-on dit, j'en suis satisfait.

Il montre l'oiseau :

– Je le dresse pour toi. Regarde son bec, son œil regarde l'envergure de ses ailes. Il sera excellent...

Cihangir est venu avec un objectif précis, sans intention d'affronter son père. Une fraction de seconde il est tenté de lui crier son dégoût. Une grande scène frontale le purgerait peut-être. Il se reprend aussitôt. Soliman ne s'excuserait pas, ni ne se justifierait. Il agit puis passe outre. Il peut avoir des regrets si l'action est manquée, des remords jamais. De toute façon, même si, par tendresse pour son fils, il en exprimait, à quoi cela servirait-il ? Murad est mort, assassiné par Feridun à Bursa. Devant ce mur, Cihangir hurlerait et gémirait jusqu'à l'hystérie, donnant à son père et à lui-même l'affreux spectacle de son impuissance.

– Que veux-tu ? demande Soliman. Parle sans crainte.

– Je n'ai aucune crainte de vous, mon père. Où est Feridun ?

– Il m'a demandé l'autorisation de se retirer dans un couvent de derviches et je la lui ai accordée. Il renonce au monde. Il a choisi la solitude, le silence et l'adoration exclusive de Dieu.

– J'ai besoin de lui.

– Aucun homme n'est irremplaçable. Je nommerai chef de ta maison un officier aussi capable et dévoué que Feridun.

– J'ai besoin de Feridun pour une mission. Après l'avoir accomplie, il pourra retourner à son couvent.

Au mot « mission » le visage de Soliman ne marque ni surprise, ni émotion. Il prend dans une coupelle un morceau de viande qu'il tend au faucon. Il regarde l'oiseau le déchiqueter entre ses serres et avaler les débris en renversant le cou.

– De quoi s'agit-il ? demande-t-il sans lever les yeux sur Cihangir.

– La jeune femme que j'aime attend un enfant, on vous l'a certainement rapporté. Je souhaite qu'elle vive désormais loin de la cour, à l'abri de nos férocités. Quand l'enfant naîtra, surtout si c'est un garçon, personne ne devra savoir qui est son père. Je désire que Feridun conduise lui-même Zohoral jusqu'à Venise, sans que quiconque l'apprenne et surtout pas ma mère ni mes frères.

– Mais moi, je le saurai, dit Soliman.

– Si je suis en face de vous, c'est que je veux que vous le sachiez. Je veux que ce soit vous, mon père, qui sauvegardiez ce qui m'est le plus cher au monde.

Soliman pose le faucon sur son perchoir. Il ôte son

gant de fer. Il plie et déplie les doigts pour activer la circulation de son sang.

– Je ne sais si Feridun acceptera, dit-il. Il a choisi Dieu pour maître, désormais.

– Il acceptera, mon père. Il accepte toujours vos ordres, même les plus odieux, comme nous le savons.

Soliman interrompt brutalement son fils.

– Il y a des limites à ne pas dépasser devant le Sultan, même pour toi... Je ferai ce que tu me demandes, par amour de toi. Mais souviens-toi que la faiblesse n'est pas une excuse aux provocations, ni un bouclier contre la colère de ceux que tu provoques.

Cihangir est exalté. Forcer son père à obéir à sa volonté, forcer son père à faire le bien et lui imposer, pour sauver Zohoral, celui-là même qui a assassiné Murad, lorsqu'il a inventé cette sorte de vengeance tout à l'heure, pendant le trajet entre la maison du Bosphore et le palais de Topkapi, il n'avait pas prévu de la dévoiler si clairement. Soliman aurait compris mais sans le montrer. Tout serait resté implicite, comme toujours entre eux. Mais les mots l'ont entraîné. En parlant d'« ordre odieux », il a directement mis Soliman en cause et l'a contraint à réagir. Il en éprouve une surexcitation nerveuse, comme un enfant qui, battant les buissons en se racontant qu'il chasse, débusque un vrai loup. Il voudrait poursuivre l'échange, prolonger ce moment de vérité entre son père et lui.

Mais Soliman ne le veut pas. A l'instant où Cihangir va répliquer à sa mise en garde, il se lève et, d'un geste à la fois machinal et très majestueux, comme il en a l'habitude pour mettre fin à une audience, il lui tend sa main. Que peut faire Cihangir qui ne soit pas indigne ? Il ravale les sanglots qui ont envahi sa poitrine, plie le buste et baise cette main. La main de son père est froide. Il se retire à reculons.

Il tint bon jusqu'au départ de Zohoral. Lorsqu'il lui avait annoncé qu'elle devait partir, elle s'était mise à pleurer, le visage nu, les mains ouvertes, sans protester. Un prince l'avait élue, aimée, choyée. Maintenant il la renvoyait. Pour elle, c'était dans l'ordre des choses. Des siècles d'obéissance pesaient sur ses épaules de paysanne. Pour la consoler, Cihangir lui promit qu'il la rejoindrait bientôt. Il lui montra des gravures de Venise, lui décrivit la vie délicieuse qu'ils mèneraient dans cette cité des merveilles. « Là-bas, dit-il, rien ne blessera nos cœurs. Nous ne fréquenterons que les peintres, les musiciens et les poètes et si ce sont de méchantes gens, car les artistes les plus délicats ont souvent l'âme dure, nous ne fréquenterons que leurs œuvres. Nous aurons un jardin sur une île. Le soleil se lèvera pour nous et se couchera pour nous. Les cris des marins, l'agitation des marchands, les cloches des églises se mêleront au loin et glisseront jusqu'à nous comme la paisible respiration du monde. Je te chérirai toujours. Tout sera calme et beau. » Il y croyait presque. Zohoral, non. Elle avait un solide bon sens. Elle se rasséréna un peu quand Cihangir lui eut dit que, bien sûr, sa grand-mère et ses deux frères l'accompagneraient et que sur l'ordre personnel du Sultan les banquiers vénitiens mettraient à sa disposition tout l'argent qu'elle voudrait.

Quelques jours plus tard Feridun lui fit savoir qu'il était de retour à Istanbul et qu'il se tenait à sa disposition. Cihangir refusa de le recevoir. Il dicta à son scribe une lettre brève qui enjoignait à Feridun de se conformer aux instructions du Grand Seigneur.

Le matin où le bateau prit la mer, emportant son bonheur, il resta allongé dans l'obscurité de sa chambre.

Il n'en sortit plus. Dieu l'avait façonné pour la souffrance. Le bourreau le plus cruel, le plus intime, c'était son père. Au fond de sa déréliction une voix battait, obsessionnelle, butée : « Je vais lui montrer. »

Pour aller mal il n'avait aucun effort à faire. Il ne se priva pas de nourriture. Il n'avait pas d'appétit. Quand il mangeait, il vomissait. L'insomnie n'autorisait aucun repos. Aucune trêve n'interrompait le ressassement des assassinats de Mustapha et de Murad. Comme un chien d'une charogne, il ne pouvait s'en détacher. Il errait autour, halluciné. Quand il s'endormait, un cauchemar le réveillait et le relançait dans ce défilé de détresse où il glissait, renvoyé de l'atrocité du monde à la haine de soi, de la haine de tout à son atroce nullité.

Il s'affaiblit très vite. Son épuisement lui procurait

une sorte de satisfaction, comme si, par un retournement de l'instinct naturel, ce qui l'éloignait de la vie lui était dorénavant un bienfait. Au début il avait décidé de ne pas se lever. Un mois plus tard, il ne pouvait plus se lever, l'aurait-il voulu. Il n'avait pas souffert jusqu'alors. Les articulations de ses jambes devinrent douloureuses, d'une douleur sourde qui s'avivait par crises. Il endurait ces maux avec le stoïcisme effrayant des désespérés. Il ne se plaignait pas, ne demandait rien, accueillait les prévenances de ses serviteurs avec l'humble gentillesse inhumaine de celui qui est déjà sur une autre rive. Ils s'inquiétaient, tenaient des conciliabules à voix basse. Un matin le chef de sa chambre l'avertit de son intention d'alerter le Sultan. C'était son devoir. Il n'avait que trop tardé. Cihangir le gronda comme un saint gronde un écervelé : sa santé était de trop peu d'importance pour qu'on dérange qui que ce soit, *a fortiori* son père qui avait la charge d'un empire. Cette réponse, le ton de détachement avec lequel elle avait été prononcée, la voix du prince trébuchant sur chaque mot, au lieu de rassurer l'homme, augmentèrent son inquiétude. C'était le désir obscur de Cihangir. Chacun de ses renoncements était un appel au secours. Mais voulait-il être entendu ? Ne préférait-il pas qu'on le laisse abandonné ? Il n'y avait pas de fond au gouffre de délectation morose où il s'enfonçait.

Le chef de la chambre hésita quelques jours puis se décida à parler à son homologue auprès du Sultan.

Dès que Soliman apprit que Cihangir était très malade, il ordonna qu'on le transporte dans son palais, auprès de lui. Il l'accueillit avec toute la tendresse qu'il était capable de montrer. Matin et soir et souvent au cours de la journée, entre deux audiences, il lui rendait visite. Mais Cihangir avait atteint ce stade où les dérèglements du corps avaient pris le pas sur les sentiments. La sollicitude de son père venait trop tard.

Les médecins de la cour, les apothicaires et les barbiers prescrivirent des potions, des bains d'herbes, des saignées. Il n'en résulta aucun mieux. Roxelane, qui n'avait pas voulu admettre d'abord la gravité de l'état du prince et qui, aveugle et emportée, ne savait que lui commander de prendre sur lui pour vaincre sa langueur, s'affola soudain. Elle avait entendu parler par ses femmes d'un juif de Salonique, savant et devin, dont on disait merveille. Il allait de ville en ville, soignant les pauvres gens. Depuis qu'il était à Istanbul, on lui attribuait des miracles. Des dizaines de témoins juraient l'avoir vu de leurs yeux ressusciter une jeune fille qu'on se préparait à enterrer. Roxelane se mit en tête, avant même de le rencontrer, qu'il était le seul à pouvoir guérir son fils.

Moïse n'était pas un homme aimable. Il parlait peu, ne souriait pas, ne se souciait ni de flatter, ni de se mettre en valeur. Cette rudesse décontenança Cihangir. Prince et malade, il avait l'habitude d'être ménagé. Mais bientôt après, sans que Moïse change ses façons, Cihangir éprouva à son égard une confiance extrême.

Elle répondait à la perspicacité et à la bonté de Moïse. Il avait compris que le jeune homme confié à ses soins était perverti, corps et âme, par le besoin de se détruire. Dans cette pente où il s'était jeté, plus rien n'était capable de le retenir. Ce que ni le père de Cihangir, ni sa mère, ni personne de son entourage ne pouvait admettre, Moïse l'admettait. C'était un sage. Il ne se fiait pas au bon sens. Fuir le fardeau d'une existence insupportable lui paraissait un désir moins commun mais aussi légitime que de s'accrocher à la vie. Il se contenta de soulager les douleurs par des décoctions d'opium exactement dosé à la sensibilité nerveuse de son patient. Quand Cihangir ne souffrit plus, Moïse fit venir auprès de lui un garçon d'une dizaine d'années qui l'accompagnait dans ses voyages et qu'on disait être son fils. C'était un petit bonhomme vif et joyeux, aussi bavard que son père était silencieux. Cihangir l'aima tout de suite : Efraïm était bossu.

Tandis que Cihangir, au long des heures, rêvait ou somnolait, Efraïm virevoltait autour de lui, apportant une coupe, un fruit, un chapelet d'ambre, plaçant une peau d'ours sur ses jambes inertes, jouant avec la pie apprivoisée, faisant des blagues aux pages que sa faveur agaçait. Il doublait cette agitation de ludion par un babillage continu. D'une voix de tête qu'il n'interrompait que pour rire de sa propre malignité, il débitait tout ce qu'il avait vu et entendu dans les couloirs du palais et les ruelles de la ville. Le plus souvent Cihangir n'y prêtait pas attention. Seule lui importait l'allégresse dispensée par son petit frère en disgrâce. Un jour pourtant, en entendant le nom de Mustapha entre deux phrases qu'il n'avait pas écoutées, il demanda à Efraïm de répéter son propos.

– Je vous disais, reprit l'enfant, qu'il n'est bruit partout que de la révolte de Mustapha.

– Quel Mustapha ? Quelle révolte ?

– Vous n'êtes pas au courant, Seigneur ? Pourtant toute la ville en parle. Ce Mustapha a pris la tête de tous les mécontents, de tous les affamés. Il a formé des troupes, chassé les janissaires, les gouverneurs, les collecteurs d'impôts. Là-bas, en Anatolie, c'est lui le maître déjà. Il prend l'argent des riches et le donne aux pauvres. Le nombre de ses partisans augmente chaque jour. Ici, à Istanbul, sur le port et dans les marchés, les gens bénissent son nom quand il n'y a pas de soldats pour les entendre. Ils espèrent que bientôt Mustapha régnera sur l'Empire, coupera le cou aux corrompus et distribuera leurs terres. Ils disent que c'était écrit, que Mustapha est le véritable Sultan, le descendant légitime d'Osman, celui que Dieu a désigné. Ils disent que personne cette fois-ci ne pourra l'empêcher de monter sur le trône.

Les yeux de Cihangir s'étaient mis à briller. Quand il était enfant et que de saints précepteurs venaient l'instruire, il avait entendu plusieurs histoires d'hommes sortis du peuple à la conquête du pouvoir qui, pour fortifier leur position, s'étaient parés de l'identité de prédécesseurs illustres.

– Tu veux dire que ce Mustapha prétend être le fils du Grand Seigneur ?

– Il ne prétend pas l'être, reprit le bossu. Il l'est. Ceux qui ont fait le voyage à Ereğli d'Anatolie pour le voir jurent que c'est le même, un homme valeureux et juste. Si tout le monde le croit, c'est vrai.

Efraïm ne tenait pas longtemps en place. Il se détourna de Cihangir et se mit à sautiller à cloche-pied en répétant de sa voix perçante : « Si tout le monde le croit, c'est vrai. »

Cihangir avait fermé les yeux. Lui aussi silencieusement se répétait « Si tout le monde le croit, c'est vrai ». Sur cette antienne les images se succédaient comme une frise naïve et épique de la légende d'un héros : Mustapha couvert d'or et de pierreries, caracolant sur l'hippodrome derrière son père ; Mustapha en prière, le visage extasié dans un rayon de lumière ; Mustapha passant à pied un col montagneux à la tête de ses troupes, insensible à la fatigue et à la neige ; Mustapha rendant la justice, que les vertueux à sa droite acclament, tandis que les coquins s'éloignent tête basse ; Mustapha présidant un concours de poésie devant un jet d'eau ; Mustapha le pied posé sur la tête d'un lutteur à la carrure monstrueuse dont il vient de triompher.

L'opium, dont chaque jour Moïse augmentait les doses, avait accru la propension de Cihangir à se détourner de la réalité. Il ne tenta pas de savoir ce qu'il en était exactement de cette révolte et de ce Mustapha qui s'était dressé contre le Sultan en Anatolie. Il préférait s'en tenir au récit ingénu d'Efraïm. Malheureux et plus faible d'heure en heure, il se sentait solidaire de tous ceux qui, dans l'Empire, accablés par la misère et les désillusions, étaient portés à croire qu'un juste s'était levé d'entre les morts pour les sauver. Il n'avait plus de force mais il avait encore besoin de merveilleux. Ce qui lui restait d'énergie mentale passait à imaginer la geste de Mustapha le Valeureux. C'était, même visage, même stature, même chaleureuse présence charnelle, son frère dans son apparence des jeunes années et c'était aussi un Dieu appelé sur terre par les plaintes des hommes sans défense pour vaincre le Mal. Sa bonté étincelait comme une gloire. Les foules accouraient au-devant de lui. Chacun lui apportait son offrande de détresse et recevait en retour un nouveau courage. Il ne tuait pas les méchants. Sa loyauté rayonnante tuait la médiocrité en eux. Purifiés par son regard, rendus à l'innocence, ils tombaient à genoux, implorant le pardon de leur faute et pleurant de joie. A ce moment, dans sa rêverie, Cihangir rejoignait Mustapha, s'incorporait à sa personne. L'apothéose de ces chimères fiévreuses était une scène qui se déroulait dans la grande salle du trône au palais de Topkapi ou, mieux encore, dans la tente de campagne encore tachée du sang de l'assassiné. Alentour l'armée retenait son souffle. Soliman entrait devant son fils en gloire. Il avançait tête nue, son vieux corps ceint d'une guenille de pénitent, aussi droit et noble qu'il avait toujours été. Il baisait Mustapha au front puis, avec la grandeur des très humbles, touchait de la main son cou, sa poitrine, son flanc, là où saignaient encore les plaies qu'il lui avait infligées. A ce contact, les blessures se fermaient et, sur sa couche de mourant, Cihangir, vengé, s'endormait.

Un matin, à l'aube, le rythme de sa respiration se modifia. Ses râles réveillèrent Efraïm. Il courut prévenir Moïse et celui-ci, après avoir examiné le prince, envoya chercher Soliman. Il arriva dans sa tenue de nuit, tête nue, en chemise. Il espérait que son fils le reconnaîtrait mais apparemment il n'en fut rien. Cihangir mourut entre les bras de son père, touché par ses caresses et bercé par ses prières. Quand son dernier souffle passa ses lèvres, Soliman, penché sur son visage, eut l'impression de le recueillir sur les siennes. Un moment encore, il continua de murmurer les paroles du Livre Saint afin que le Tout-Puissant accueille son enfant bien-aimé dans son paradis.

Enfin Soliman se releva. Efraïm lui tendit en tremblant un mince rouleau de papyrus.

– Le prince m'a fait jurer de vous le remettre s'il n'en avait pas la force lui-même.

Soliman prit le rouleau, l'ouvrit, le regarda un instant puis le remit à Moïse :

– L'écriture est tremblée et ma vue est mauvaise.

Moïse examina à son tour le manuscrit :

– C'est très court, dit-il en relevant la tête.

– Lisez, ordonna Soliman.

– « Je demande pardon à tout le monde et je pardonne à tout le monde. Je ne peux pas faire mieux. »

Sur son lit, Cihangir paraissait dormir, enfin tranquille. C'était le Pâdishah qui semblait mort, avec ses yeux vidés d'expression et cette longue figure de pierre grise.

ROXELANE

La mort de Cihangir creusa en Soliman un gouffre de chagrin que rien ne devait combler. Il avait atteint cet âge où le temps n'efface plus les peines. Elles s'accumulent. Les récentes entrent en résonance avec les anciennes. C'est inguérissable. De son accablement il ne laissa rien paraître et son comportement n'en fut pas affecté. Ce stoïcisme ne lui coûta aucun effort. Si les épreuves dont avait été jalonné son long règne ne le protégeaient pas contre le noir désenchantement, elles le bardaient d'un courage acquis, plus rigide qu'une cuirasse, et qui lui semblait naturel.

L'Impératrice, en revanche, pleura beaucoup. Elle n'avait jamais chéri Cihangir à l'égal de Soliman. Mais il y avait en elle un fond de tendresse que les duretés du pouvoir n'avaient pas altérée. Au contraire de son époux, elle ne s'était jamais posée comme un personnage au-dessus de l'humanité, campé seul face à Dieu et à l'Histoire. La position prééminente à laquelle elle avait accédé avait exacerbé ses appétits et ses sentiments. Cependant, si ardents qu'ils fussent, ils restaient réglés par les lois communes. Blessée par la mort de son dernier fils, elle trouva bientôt des consolations dans l'intérêt qu'elle portait aux deux aînés. Le courant de la vie l'entraîna. La sienne, depuis que le Sultan l'avait distinguée et qu'elle l'avait adoré en retour, elle avait seize ans alors, était une lutte de chaque instant pour réaliser ses désirs. Ceux-ci avaient changé au cours des années. Mais son énergie pour les imposer restait intacte. Soliman, revenu de tout, agissait par devoir supérieur. Roxelane combattait au service de sa cause, par instinct. Peu à peu elle reprit en main les leviers de ses ambitions : maintenir son rang, veiller à ses intérêts d'épouse et de souveraine, intriguer sans relâche afin de pousser vers le trône Bâyesîd, son fils chéri.

La sédition conduite par celui qui s'était paré du nom, honni par elle mais révéré par les pauvres gens, de Mustapha, s'était étendue. Par milliers, des hommes qu'on appelait au sérail des rebelles l'avaient rejoint dans le nord-ouest de l'Anatolie. Fort de ces troupes, il s'était risqué hors de son fief d'Ereğli et avait gagné la partie européenne de l'Empire. La Thrace, la Macédoine, la Dobroudja le reconnaissaient déjà pour Sultan. Il approchait d'Edirne, dont il voulait faire sa capitale.

Soliman ne semblait pas inquiet de cette révolte. Elle lui apparaissait comme une conséquence, probablement inévitable, de la disparition de Mustapha, une sorte d'abcès de fixation des amertumes que son meurtre avait provoquées. Son calcul était de la laisser se développer jusqu'à ce qu'elle ait absorbé, comme un linge absorbe le pus, la sourde hostilité qui suintait du corps social à son égard. Il serait temps alors de faire disparaître le soi-disant Mustapha. Sans héros derrière qui hurler, le ramassis hétéroclite de malheureux et de mécontents se disperserait. Chacun, purgé de sa colère, rentrerait dans le rang du peuple. Au demeurant, il tenait pour acquis qu'un homme qui n'appartenait pas à la descendance d'Osman, c'est-à-dire qui n'était pas prédestiné par Dieu à régner, ne pourrait jamais accéder au trône, quelles que fussent sa popularité, sa valeur et la force de ses armes. Son fils Mustapha avait été une menace réelle. La réplique de Mustapha n'était que le fantôme d'une menace.

Roxelane savait par expérience que les jugements politiques de l'Empereur étaient bons. Elle lui faisait confiance. Au fond d'elle-même elle accepta donc de penser que cette révolte ne constituait pas un danger pour la dynastie. Cependant, la haine qu'elle avait vouée au prince Mustapha, la peur qu'elle avait éprouvée pendant des années de le voir un jour Sultan, continuaient de la hanter. Elle ne pouvait s'empêcher de redouter celui qui avait pris son nom et auquel elle prêtait son visage. Ce double, jailli des entrailles de l'Empire, prolongeait, comme dans un cauchemar, l'existence de l'assassiné. Elle avait cru qu'elle serait tranquille après la mort de l'homme qui avait failli la dépouiller de ses prérogatives de Sultane mère. Sa réincarnation réveillait, par crises, sa rage et ses terreurs. Elle avait une conception rudimentaire des luttes de pouvoir : celui qui élimine son ennemi a gagné. Que le prince Mustapha ait été, au-delà de sa personne réelle, la représentation du besoin de changement de millions de sujets, une sorte de plastron sur lequel les paysans, les commerçants et les soldats avaient projeté leur lassitude de l'ordre ancien et leurs aspirations d'un ordre nouveau, elle avait du mal à le concevoir. Le processus qui, d'un cadavre, faisait un acteur toujours vivant du combat qu'elle croyait avoir remporté lui échappait. C'était, dans son âme inquiète, comme une diablerie. Les devins dont elle s'entourait contribuaient, par leurs fables et leurs prophéties, à la maintenir dans une grande agitation. Le bon sens lui dictait de laisser Soliman régler à sa façon le soulèvement du pseudo-Mustapha. Mais des bouffées d'angoisse la poussaient à désirer l'extermination sans délai du revenant. Cette seconde mort de Mustapha prenait à ses yeux figure d'exorcisme.

Elle se garda de confier à Soliman ses emportements hors de raison. Elle le connaissait bien. Il l'aurait écoutée avec indulgence et n'aurait tenu aucun compte de ses suppliques. Tel il était, du moins avec elle : prévenant, attentif et inflexible. L'aurait-elle aimé s'il avait été autrement ? Au-delà de la passion qui l'avait unie à lui, il restait l'axe autour duquel sa vie tournait. Elle admirait sa puissance, elle lui était reconnaissante de sa loyauté, de sa fidélité, de la bonté qu'il lui manifestait alors que le pouvoir en avait fait un homme impitoyable. Il était vain de l'affronter en face et tout aussi vain de tenter de le manipuler par des ruses ordinaires. Pour modifier sa voie, il fallait trouver des biais qui aillent dans son sens, des combinaisons qui s'imbriquent dans son jeu. On ne pouvait l'influencer qu'en le servant. Dans cet exercice Roxelane excellait. Sa finesse, sa détermination, sa prudence, aiguisées par un quart de siècle d'intrigues de palais la servaient. Mais nombreux étaient ceux, dans l'entourage de l'Empereur, capables de déployer, mieux qu'elle, ces compétences de courtisans. Sa supériorité sur eux, c'était la complicité profonde qui la liait à Soliman. Elle percevait, presque sans réflexion, les mouvements qui animaient ce vieillard complexe et redoutable qui jadis, au temps de sa jeunesse, avait hurlé, pleuré, s'était évanoui de plaisir entre ses bras.

Elle inventa donc, de bonne foi, que dans la période troublée que traversait l'Empire il convenait que Bâyesîd conforte de façon éclatante sa position d'héritier du trône. Le moyen le plus sûr d'atteindre cet objectif était que l'Empereur l'envoie écraser la révolte de Mustapha.

Une fois qu'elle eut ce projet en tête, elle guetta les opportunités d'en convaincre Soliman.

Ce n'était pas facile. Lorsqu'il avait arrêté un plan

de conduite, Soliman s'y tenait. Son orgueil et trente années de pouvoir absolu l'avaient persuadé qu'une décision ferme, fermement maintenue, était le moyen le plus sûr d'arriver à ses fins. A la place qu'il occupait, l'habileté n'était pas de s'adapter aux circonstances, c'était d'attendre que les événements s'ordonnent autour de sa volonté. Il savait qu'à ne pas dévier de sa ligne il risquait des déconvenues. Mais il était convaincu que, sur la longue période, l'obstination était une vertu de souverain et sa meilleure arme. Il avait appris à résister aux donneurs de conseils. Plus ils avaient l'esprit agile, plus ils étaient portés, devant des situations complexes, à lui suggérer des « peut-être » quand il avait, au départ, posé un « non ».

Il résistait moins aisément aux sursauts de ses propres humeurs. Il avait pris l'habitude de n'écouter que lui, et son grand caractère donnait de l'ampleur à la colère, au besoin de plaire, au plaisir d'humilier, à toutes les manœuvres de la vanité. Ces réactions, il les jugeait moralement indignes. Jeune, il s'était efforcé de les dominer. Les charges du règne, la nécessité d'agir, ne lui avaient pas permis de mener à bien ce combat contre des faiblesses profondément ancrées dans sa nature. Il lui arrivait encore, les jours de lassitude, de prier Dieu de lui accorder la grâce du détachement. Mais il n'y croyait plus. Avec le temps, il avait accepté qu'il y eut incompatibilité entre les qualités indispensables à l'homme de pouvoir et celles qui font les sages.

Dès son accession au trône il s'était imposé comme un conquérant. L'âge avait atténué son goût impatient pour la victoire et il avait appris que les atermoiements, les reculs stratégiques, les marchandages diplomatiques fournissent, souvent, des avantages plus sûrs que des triomphes sur le champ de bataille. Cependant, son amour-propre de guerrier restait vif. Qu'on le blesse, le Sultan s'emportait aussitôt.

Roxelane connaissait comme personne les fragilités de Soliman. Elle ne doutait pas que si Mustapha conquérait Edirne, elle pourrait, dans l'élan de colère qui saisirait l'Empereur, lui faire accepter son plan.

Elle utilisa d'abord ses réseaux d'influence parmi les vizirs, les généraux et les dignitaires pour répandre les bruits les plus alarmants sur Mustapha. Soliman pensait, à juste titre, avoir en face de lui un gueux illuminé. Ces rumeurs faisaient du rebelle un nouveau César à qui la prise d'une des principales villes de l'Empire donnerait des ailes si une riposte immédiate ne l'écrasait pas.

La Sultane ne se contenta pas de cette préparation psychologique. Puisqu'elle avait besoin d'une défaite, elle s'y employa. Dûment chapitré par elle, Bâyesîd bloqua les envois de renforts. Edirne devait tomber.

Edirne ne tomba pas. Mais ce n'est pas cette déconvenue qui mit un terme aux menées de Roxelane. Ce qui advint ne tint pas à des occurrences manquées.

Des circonstances extérieures, même très adverses, ne pouvaient arrêter une femme de sa trempe.

Elle était âgée. La maladie la prit. En quelques jours elle maigrit de la moitié de son poids. Son énergie l'abandonna, comme l'eau d'un bassin qui se vide. Elle n'eut pas le temps de s'inquiéter, ni de tenter de lutter. Elle n'avait plus de force, sa capacité de réaction était tarie. Les médecins, les astrologues et les sorciers dont elle entretenait la troupe, se disputèrent sur la nature de son mal. Elle s'abandonna à leurs prescriptions, subit docilement saignées et lavements. Lorsqu'ils s'affairaient autour d'elle, chacun cherchant à faire prévaloir son excellence, elle ne les chassait pas, insensible à leurs criailleries, retranchée sur elle-même comme dans un cocon de faiblesse.

Elle qui, quelques semaines auparavant, se tenait au courant de tout et, depuis son réveil jusqu'à son coucher, intervenait sur tout, des détails domestiques de sa maison jusqu'aux affaires de l'État, n'écoutait plus ses informateurs. Lorsqu'on sollicitait son avis, elle répondait par un pauvre sourire et s'endormait comme une enfant.

La prise d'Edirne, la succession au trône, les conflits entre ses fils, la défense de son rang, les manigances pour écarter du pouvoir ses adversaires et y pousser ses créatures, le souci de sa fortune, ses caprices, ses haines, la comédie des affrontements ouverts et des attitudes composées, des cris du cœur lâchés au bon moment et des indifférences feintes, l'obstination à n'en jamais rabattre sur rien sauf par ruse, toutes ces ambitions, ces désirs crépitants, ces déploiements de ténacité, de séduction et d'hypocrisie, qui l'avaient occupée pendant trois décennies de telle sorte qu'on les croyait consubstantiels à sa nature, étaient maintenant derrière elle, comme des rêves oubliés.

Soliman pensa qu'elle allait mourir. D'une certaine façon elle avait déjà disparu, tant il avait de mal à retrouver la Sultane qui avait partagé sa vie dans cet être abandonné à sa dolence, dont le corps, jadis opulent, semblait celui d'un enfant malingre. Caressant sa main, il songeait qu'il ne l'aurait probablement pas reconnue s'il n'avait pas su qui elle était. La femme qu'il avait aimée s'était évanouie, il ne savait où. Celle qui allait s'éteindre était une autre. Elle ne souffrait pas. Elle ne se révoltait pas. Il éprouvait pour elle une compassion douce. Assis en silence près de sa couche, il se laissait aller à une espèce de stupeur paisible. Sans espoir, sans déchirement, il attendait que la mort, la mort véritable, la mort sans détour, mette fin au mystère.

Dans les premiers jours, Mihrimah, la fille de Roxelane, avait aussi cru sa mère perdue. Désagrégée par la douleur, elle s'était lamentée à grands cris, avait déchiré son visage de ses ongles comme si la malade chérie était déjà un cadavre. Les semaines passant et Roxelane continuant de vivre, Mihrimah était passée du désespoir à la confusion. Elle était soulagée que sa mère soit toujours là, oubliée par la mort et, en même temps, était envahie de rancune contre elle. Car Roxelane, dans son nouvel état, semblait avoir oublié la prédilection qu'elle avait éprouvée pour sa fille. Elle acceptait sa présence et ses soins, comme elle acceptait tout. Mais elle ne lui manifestait pas plus d'intérêt qu'à une servante anonyme. Cette indifférence lisse qui la niait affolait Mihrimah. Comment sa mère, même très affaiblie, pouvait-elle s'être détachée à ce point des liens qui les avaient unies ?

La jeune femme avait grandi à l'ombre de Roxelane, nourrie par son amour, étayée par sa force. Ses façons de sentir, de penser et d'agir, ses goûts et ses dégoûts, étaient des décalques de ceux de la Sultane. Plus que sa fille, elle était son double. Chacun pouvait constater leur ressemblance mimétique. Mais chacun savait à la cour que la princesse n'était qu'une copie de sa mère, sans désirs propres, sans aucune autonomie de volonté. Elle ne comptait pas. Elle n'était qu'un miroir. Si Roxelane ne se réfléchissait plus en elle, elle était perdue. Elle l'ignorait. Aveuglée par son amour, elle vivait les succès et les échecs de la Sultane comme s'ils étaient les siens propres. Confidente de tous les instants, devant qui Roxelane déballait tout ce qu'elle avait en tête, ses visées à long terme, le détail de ses intrigues aussi bien que ses doutes, dans une sorte de quotidienne évaluation à haute voix, Mihrimah avait le sentiment d'être à l'origine de tout.

Au bout de quelque temps, l'état de Roxelane restant stationnaire, l'idée naquit en elle qu'elle devait lui insuffler de l'énergie. Elle ne doutait pas d'en avoir puisqu'elle était persuadée de partager tous les dons de la Sultane. Chaque matin elle vint s'asseoir au chevet de la convalescente et l'entretint des affaires en cours. Elle n'en savait rien d'autre que ce que Roxelane lui avait dit, avant que la maladie ne la frappe. Cela ne l'empêchait nullement de pérorer ni de suggérer des plans d'action qu'elle croyait subtils et qui n'avaient pas le sens commun. Prolonger ainsi, à rôles renversés, les longs bavardages quotidiens avec sa mère qui avaient été, depuis l'enfance, sa raison de vivre, la soulagea beaucoup.

Roxelane les supporta quelques semaines avec patience. Puis cela la fatigua. Comme elle ne voulait pas blesser Mihrimah en lui interdisant l'accès à son palais, elle demanda au Sultan de l'accueillir dans le sien.

Un matin, on transporte Roxelane dans la chambre où, autrefois, Soliman l'a conduite et lui a juré un amour éternel. Elle était une petite esclave chrétienne à peine sortie de l'enfance. Il n'avait pas trente ans mais il était déjà le maître du plus grand empire du monde. Elle était aveuglément éprise de lui. Très vite il a souhaité associer sa bien-aimée à sa vie publique. Il l'a épousée, il l'a imposée à ses côtés, sans se soucier des critiques ni des murmures. Aucun Sultan avant lui n'avait hissé une femme à la place prééminente qu'il a inventée pour elle. Officiel, affiché, leur amour a gardé sa part secrète. Pendant dix ans, ils ont partagé tous les instants que laissait libres l'exercice de leurs charges. Les sentiments qui les liaient étaient un cadeau de Dieu dont ils étaient les dépositaires dévots. Et durant leur longue vie, rien n'a porté atteinte à leur pacte d'union. C'est seulement leur intimité que le temps a distendue. Progressivement les devoirs ont requis de plus en plus leur temps et leurs forces. L'habitude a engourdi leur tendresse ou, tout au moins, ses manifestations. Leurs corps se sont abîmés, leurs âmes asséchées, et le désir, quand il les visitait encore, par éclipses, est devenu la parodie des élans de leur jeune temps.

Quand les eunuques noirs déposent Roxelane sur la couche où elle n'a plus dormi depuis près de vingt ans, elle ne s'attendrit pas. De ce décor retrouvé elle n'espère même pas le souvenir des bonheurs de jadis. C'est seulement un refuge pour son vieux corps et pour sa lassitude. Comment pourrait-elle imaginer, dans l'état où elle se trouve, le miracle qu'elle va connaître ?

La nuit venue, après ses ablutions, Soliman emprunte, comme autrefois, le corridor tortueux qui mène de la salle des bains à la chambre où repose sa compagne. Elle lui adresse quand il entre ce sourire de bienveillance pâle qui semble un signe venu des limbes où elle dérive. Il s'assoit. Il essaie de lui parler mais en vérité il ne sait que lui dire. L'indifférence de Roxelane est contagieuse. Grandes et petites affaires, auxquelles elle s'intéressait passionnément avant que la maladie ne la désarme, lui paraissent, au moment où il va les exposer, sans importance. Il s'accroche à des riens : le pigeon qui est entré dans la salle du Divan et qui a voleté au-dessus des turbans pendant tout le temps des délibérations ; la lune dont le croissant est resté visible tout le jour ; le page qui, se croyant la réincarnation d'un âne, brait et mâche des chardons, au grand amusement de ses camarades. Il cherche ce qui pourrait encore la distraire. Il ne trouve pas. Il se tait.

– Comme tu es gentil, lui dit-elle.

Ils somnolent l'un près de l'autre.

Un soir, elle se met à raconter des souvenirs de son enfance. Il ne comprend pas d'abord que la petite fille affamée et assoiffée qu'elle décrit, à qui un jardinier, grimpé dans son arbre, jette des prunes, c'est elle. Tandis qu'elle précise les détails de cette scène insignifiante – la couleur rouge des fruits, les tresses du jardinier –, il est à la fois attendri et gêné par l'émotion qui, comme un rire rentré ou un sanglot peut-être, noue la gorge de Roxelane. Où est-elle ? Qui est-elle ? Il a l'impression qu'elle tente, avec une extrême maladresse, une complaisance naïve, de l'entraîner dans un univers fragile où il n'a ni le droit, ni l'envie de pénétrer. Le chevreau qui l'a suivie dans la montagne et auquel elle a donné à boire du lait dans sa main, le voleur qu'on a bâtonné sous ses yeux et qui, son supplice enduré, l'a soulevée à bout de bras avec un grand rire, ces éclats de passé, elle les lui confie sans les situer, comme s'ils flottaient dans le temps, détachés des circonstances. Elle les égrène comme des perles précieuses, longtemps égarées et qu'elle retrouve avec émerveillement. Ces trésors minuscules, elle est la seule à y avoir accès, la seule à s'enchanter de leur miroitement. Elle peut les désigner à Soliman, elle ne peut les partager avec lui, ni d'ailleurs avec quiconque.

« Elle retombe en enfance », songe-t-il en l'écoutant. C'est pitié pour lui de voir cette femme qu'il a aimée pour sa vitalité s'abîmer dans des chimères.

Mais cette régression est un bienfait pour la vieille Sultane. C'est un repos, un palier d'apaisement dont bientôt elle remonte vers des souvenirs plus récents. Elle raconte à Soliman, avec dans la voix ce même mélange de gaieté rieuse et de sourde nostalgie, les débuts de leurs amours. De ces années il a une perception en perspective perdue. Les étreintes et les moments de bonheur se superposent et se confondent dans sa mémoire. Elle, au contraire, semble avoir engrangé chaque détail. De la masse indistincte des émois qu'ils ont vécus l'un par l'autre, elle extrait cette nuit où, au retour de la première campagne de Hongrie, Soliman l'a prise alors qu'elle dormait encore. Il avait crié si fort de jouissance que les pages étaient entrés dans la chambre, redoutant un attentat.

« Tu t'es précipité vers eux pour les chasser, nu, l'épée à la main. Tu avais le visage et le corps maculés de mon sang de femme, auquel tu n'avais pas pris garde dans l'impatience de ton désir. Ils étaient terrorisés. Je t'ai lavé. Nous riions. Tu étais tellement fatigué que tu t'es endormi au milieu d'un rire. Je ne savais pas qu'il était possible qu'un homme tombe ainsi du rire dans le sommeil. »

Soliman avait oublié cet épisode que Roxelane vient de lui restituer. Il se penche vers elle, l'embrasse pour la remercier. Elle sourit, ses yeux s'éclairent. Il la regarde. Depuis combien de temps ne l'a-t-il pas regar dée ? Depuis combien de temps n'est-elle plus pour lui qu'une ombre familière ? Dans ce visage fripé par l'âge et comme réduit de l'intérieur par la maladie, il retrouve la vivacité malicieuse de la jeune fille qu'il a vue pour la première fois, assise au milieu des femmes de sa mère, jouant de la mandoline. On l'avait surnommée Hürrem, c'est-à-dire la Joyeuse. Dans ses yeux levés vers lui, il y a toujours cette avidité d'être choisie, préférée à toutes et, en même temps, cette incrédulité comme si, malgré les preuves d'amour qu'il lui a données, elle continuait à tout attendre de lui.

Elle se soulève sur un coude, tend la main vers le front de Soliman. Son bras est décharné mais sa paume est douce.

– Tu es beau, lui dit-elle. Pour me trouver encore belle, tu dois faire des efforts d'imagination et, malgré tous tes efforts, tu ne me trouveras plus jamais désirable. Moi je n'ai aucun effort à faire.

Il se couche près d'elle. Il la prend dans ses bras.

– Je voudrais mourir contre toi, lui dit-elle.

Mais elle ne meurt pas, ni ce soir-là, ni les soirs suivants. Au contraire elle reprend des forces. Elle s'intéresse de nouveau à ce qui l'entoure. Elle dort encore beaucoup mais, lorsqu'elle se réveille, elle pose des questions, manifeste des exigences. Au fur et à mesure que la vigueur physique lui revient, elle se détourne des souvenirs anciens. Son tempérament actif et inquisiteur perce, l'agite par accès, regagne le terrain abandonné.

Un matin, alors que Soliman s'apprête à quitter leur appartement, elle l'interpelle :

– Est-il vrai que depuis que tu m'as connue, tu n'as plus approché aucune femme ?

En quelques semaines il s'est habitué à une compagne sans revendication, toute de douceur. Cette question abrupte, l'âpreté de la voix le décontenancent :

– C'est vrai, dit-il.

Roxelane plisse les yeux.

– J'accepte de te croire, dit-elle.

Un instant, son besoin d'être rassurée semble satisfait.

– Oui, je te crois, ajoute-t-elle.

Mais aussitôt après son besoin plus fondamental de

ne pas être rassurée, de ne jamais l'être tout à fait, l'emporte.

– Si c'est vrai, tu l'as fait par sacrifice, pour complaire à Dieu, beaucoup plus que par amour de moi. Tu as été fidèle à tes sentiments par souci de ta grandeur.

Il sort de la chambre sans répondre. Il fait appeler le vieux Moïse qu'il a pensionné et attaché à sa maison depuis la disparition de Cihangir.

– Je crois, lui dit-il, que l'Impératrice est guérie. Mais je n'ai pas ta science. Interroge-la, examine-la.

Moïse confirma en partie le sentiment du Sultan. Le mal avait régressé. Savoir s'il avait totalement disparu était une question à laquelle aucun savant ne pouvait répondre.

– L'Impératrice a eu la chance d'approcher la mort avec une sérénité à laquelle bien peu accèdent. Cela est un bienfait pour elle et pour vous aussi, Seigneur. Quoi qu'il advienne, elle aura connu ce bonheur et vous l'aurez goûté près d'elle. Cette communion entre vous, cette harmonie renouée, vous devez en remercier Dieu...

Soliman interrompit Moïse :

– Je dois le remercier d'abord d'avoir rendu ses forces à la Sultane. Je n'attends pas de toi des prêches, poursuivit-il, mais que tu me dises si Roxelane va reprendre une existence normale.

– La maladie n'a pas dissous son énergie. Elle l'a simplement suspendue. Aujourd'hui l'Impératrice est revenue au monde. Elle en sera comme grisée. J'escompte un regain de vitalité, peut-être désordonné.

Moïse était bon prophète. Dès qu'elle put se tenir debout, Roxelane convoqua sa fille. Elle l'interrogea sur la révolte de Mustapha et sur la situation militaire à Edirne. Elle semblait ne pas se rendre compte que plus de trois mois s'étaient écoulés depuis qu'elle ne s'y était plus intéressée. Mihrimah avait pensé ne plus revoir sa mère vivante. Bouleversée d'avoir à nouveau accès à elle, ne pouvant concevoir que, durant le temps de sa maladie, la vieille Sultane n'ait jamais interrogé Soliman sur les affaires en cours et que celui-ci, pour ne pas troubler le beau voyage de la mourante vers leur passé, ne lui en ait pas dit un mot, Mihrimah ne comprit rien d'abord à ses questions. Elle balbutia des réponses prudentes. Comme Roxelane, à son tour, n'y comprenait rien et revenait à la charge, la princesse crut que sa mère avait perdu la mémoire et peut-être la tête. Du ton qu'on prend pour rappeler des évidences à un vieillard gâteux, elle expliqua qu'Edirne n'était pas tombé, mais que cependant Bâyesîd avait capturé Mustapha, l'avait fait pendre, que les rebelles s'étaient dispersés.

Roxelane écouta ces nouvelles sans manifester de surprise. Que des événements, pour lesquels elle avait tant lutté, aient finalement eu lieu, mais sans qu'elle y soit pour rien, ne provoqua en elle aucune réflexion désabusée ou ironique. Elle avait retrouvé sa personnalité. Elle n'était pas du genre à se perdre en interrogations sur les rapports imprévisibles entre ce que l'on veut et ce qui arrive. C'était un esprit positif, habitué à prendre acte des réalités et à rebondir aussitôt vers l'avant.

Elle congédia Mihrimah. Elle se sentait toute vibrante de résolution, impatiente d'imposer ses vues. Elle houspilla les femmes qui prenaient soin d'elle. Leurs murmures doucereux, leurs gestes retenus qui l'avaient bercée pendant qu'elle dérivait hors de la vie l'exaspéraient soudain.

Le soir même, parée et fardée, elle suggéra à Soliman d'abdiquer en faveur de leur fils aîné.

– Bâyesîd a vaincu Mustapha et mis fin à la sédition qui menaçait l'Empire. Tu ne trouveras jamais de circonstances plus favorables à une succession pacifique. Ta renonciation volontaire au pouvoir, en pleine gloire, te grandira plus que tes victoires sur les Hongrois et sur les Perses. Bâyesîd profitera de ton rayonnement. Tu le guideras de tes conseils. L'élan d'espoir que suscite toujours un nouveau règne te permettra, à travers lui, d'imposer des réformes qu'aujourd'hui la lassitude et le scepticisme des peuples rendent impossibles. Et surtout Selim n'osera pas, toi vivant, se dresser contre son frère. Tu dois céder le trône à Bâyesîd sans attendre.

Soliman contempla sa vieille épouse. Son ardeur semblait intacte. Cependant, de même que les fards, les tissus précieux et les bijoux ne réussissaient pas à masquer les ravages de la maladie, il y avait dans sa véhémence, pour lui qui la connaissait si bien, quelque chose de forcé qui lui serra le cœur. La femme qui avait régné à ses côtés avait disparu à tout jamais. Il avait en face de lui sa momie. « Comme il est étrange, songea-t-il, que je l'aime encore alors qu'elle n'a plus rien d'aimable et que, sans effort, je sois porté à vouloir son bien. »

Naturellement il n'avait aucune intention d'abdiquer. Roxelane l'eût-elle supplié, en mettant sa vie en balance, il n'aurait pas cédé. Régner était sa mission. Il la tenait d'un ordre supérieur. Il avait été choisi et lui-même avait adhéré à ce choix. Aucun sentiment, même l'amour le plus intense, n'était susceptible de le détourner de ce devoir. Il pouvait seulement ménager ceux qu'il blessait en demeurant inébranlable.

– Je te remercie de tes conseils, répondit-il. J'y réfléchirai.

Roxelane comprit qu'enfiévrée par sa résurrection elle avait été trop brutalement directe. Pour influencer Soliman, il convenait de s'y prendre de loin, sans heurter de front son orgueil. Elle cacha sa déception et se tut. Elle n'obtiendrait rien du Sultan aujourd'hui. Souriante et silencieuse elle réfléchissait déjà aux moyens d'infléchir sa volonté. Elle ne doutait pas de le persuader, avec le temps, de s'effacer devant Bâyesîd.

Soliman s'approcha d'elle et prit sa main :

– De tous les dons que Dieu m'a faits, tu es le plus précieux, dit-il. Sans toi à mes côtés je ne sais ce que je serais devenu. Puisque tu as retrouvé tes forces et, semble-t-il, le désir de me soutenir dans ma tâche de souverain, je voudrais que tu consacres ton intelligence et ta générosité à empêcher nos deux fils de s'affronter. Leur rivalité s'est exacerbée pendant ta maladie. Tu as plus d'ascendant sur eux que moi. Selim surtout m'inquiète...

Selim n'avait jamais pris son parti du droit naturel de son aîné à devenir Sultan. Longtemps, occupé avant tout de ses plaisirs, il n'avait pas cherché à s'assurer d'un réseau de fidèles. Il tenait son frère pour un homme borné. Il se faisait fort, le moment venu, de le manœuvrer facilement. Voluptueux, cynique, considérant les intrigues de cour où il excellait comme le fin du fin de l'art du pouvoir, il attendait son heure, assuré qu'elle viendrait puisqu'il était le plus malin.

Pourtant, le regain de prestige qu'avait valu à Bâyesîd la capture du faux Mustapha l'avait piqué. Forçant son naturel, il avait entrepris de s'attacher le corps des janissaires. C'était le plus facile et le plus efficace pour contrebalancer le poids de tous ceux qui, à travers l'Empire, se rangeaient derrière son vertueux rival. Il n'y avait pas d'exemple dans l'histoire ottomane qu'un Sultan accède au trône sans le soutien des janissaires. Il avait distribué prébendes et promesses, visité les casernes, procuré des places aux parents des soldats, reçu dans son palais, l'un après l'autre, généraux et officiers, de telle sorte que chacun croyait en le quittant avoir bénéficié d'une grâce particulière. Bref, il avait déployé toutes les séductions des charmeurs chaleureux qu'aucun scrupule ne retient.

Selim avait si bien réussi que le Sérail s'était mis à bruire de rumeurs. Les janissaires étaient prêts sur son ordre, ou même en précédant son ordre, à éliminer Bâyesîd. Ce dernier, prévenu, avait fait savoir en retour, depuis la ville de Konya où il résidait comme gouverneur, que si son frère tentait la moindre action contre lui il y répliquerait par les armes.

Roxelane a repris son rang. Elle a quitté la chambre de Soliman et règne à nouveau dans son palais. Elle y convoque ses fils. Ils atermoient. Elle s'obstine. Les courriers galopent, porteurs de messages où alternent les menaces et les plaintes. Bâyesîd la vénère. Selim la craint. A la fin ils cèdent et se présentent ensemble devant elle, comme elle l'a demandé.

Elle les reçoit couchée et le visage nu pour que sa pâleur et sa faiblesse les impressionnent.

– C'est à cause de vos querelles, leur dit-elle, que je suis tombée malade. Voyez en quel état vous m'avez mise. Si vous ne vous réconciliez pas, vous me conduirez au tombeau.

Elle s'interrompt pour mesurer l'effet de ses paroles.

Bâyesîd dissimule son émotion sous de la raideur. Il se sait le préféré, il se croit innocent. Il jette des regards furieux vers son frère comme pour détourner sur lui les reproches de leur mère. Selim n'y prend pas garde. Il attend la suite.

– Je sais, reprend Roxelane, que votre souci commun est la grandeur de l'Empire. C'est lui qui doit prévaloir. Il prévaudra si cessent entre vous la méfiance et les soupçons. J'ai beaucoup réfléchi. Éclairée par Dieu et par l'amour que je vous porte, j'ai imaginé un moyen de rétablir la concorde entre vous. Vous connaissez tous deux Lala Mustapha, le second écuyer du Sultan. Il n'est pas d'homme dont le dévouement à notre dynastie, et surtout la droiture soient plus unanimement reconnus. Il a été ton précepteur, Bâyesîd. Je propose qu'il devienne Grand Maître de la cour de Selim. Ainsi vous disposerez d'un intermédiaire loyal qui saura déjouer les ruses de ceux qui attisent votre rivalité. Lala Mustapha sera le faiseur de paix dont vous avez besoin. Qu'en dites-vous ?

Bâyesîd accepte aussitôt. Comment pourrait-il douter de l'attachement à sa personne de l'homme qui l'a élevé et avec qui il a maintenu les liens les plus affectueux ? Selim hésite. Il demande du vin qu'il va boire, seul, sur la terrasse qui domine le Bosphore. Quand il revient, il accepte à son tour. Il a son idée.

Roxelane exulte. Le succès de sa démarche, qu'elle n'avait espéré ni si rapide, ni si complet, l'emplit d'un sentiment de toute-puissance. Dans cette griserie, elle s'attribue la gloire de tout ce qui est advenu au cours de la dernière période. Le meurtre du prince Mustapha, celui de Murad, la défaite du pseudo-Mustapha, le prestige que Bâyesîd y a gagné, le coup d'arrêt aux menées de Selim qu'elle vient d'obtenir, lui apparaissent comme autant de triomphes personnels. Elle oublie, si elle l'a jamais su, que la haine qu'elle éprouvait pour le prince Mustapha n'a compté en rien dans la décision prise par Soliman de le mettre à mort. Elle oublie que les intrigues qu'elle a menées pour convaincre le Sultan de lancer Bâyesîd contre la rébellion du pseudo-Mustapha n'avaient pour levier que la crainte superstitieuse d'une réincarnation du prince honni. Elle oublie même que ses plans concernant la prise d'Edirne sont restés lettre morte et que, mise hors d'état d'agir par la maladie, elle n'a joué aucun rôle dans la capture du révolté. Tout s'est passé sans elle, à son insu. Mais, transportée d'illusions, elle ne conçoit pas l'ombre d'un soupçon sur l'inconséquence de sa conduite, l'enchaînement hasardeux des circonstances et, moins encore, sur la vraie nature de ses mobiles. Si un homme clairvoyant, le vieux Moïse par exemple, venait lui dire qu'elle s'est façonnée femme de pouvoir par amour, afin d'accompagner Soliman dans son ascension, modelant, par des efforts sublimes et vains, ses réflexes sur les siens pour rester proche de lui quand les saisons du désir ont pris fin, elle ne l'écouterait pas. Elle se veut, elle est à ses yeux, la vieille Sultane devant laquelle tout l'Empire tremble. Ses pensées et ses actes, sa personne tout entière, cœur, esprit et volonté tenace, sont mobilisés dans un seul but : porter Bâyesîd au trône. C'est clair comme le jour. Ça l'éblouit.

Dès que ses fils se retirent, elle se précipite chez Soliman. Elle lui annonce la nomination de Lala Mustapha à phrases précipitées, comme un général accouru tout droit du champ de bataille pour clamer une victoire décisive. Le Sultan se réjouit à sa façon, qui est froide. Il a tant connu de ces nouvelles excellentes, mais dont les effets se sont révélés nuls ou même parfois désastreux. En revanche, il s'inquiète avec beaucoup de sollicitude de l'agitation de Roxelane. Il lui conseille de se calmer, lui propose de se reposer. Elle repousse ces attentions. Elle n'a que faire, dans l'instant, de ces tendresses. Ce qu'elle veut, ce qu'elle exige, c'est qu'il signe aussitôt le décret qui érigera Lala Mustapha en garde-fou de Selim. Il objecte qu'une telle décision se prend en présence des vizirs, lors d'une réunion du Divan.

– Alors, convoque le Divan, dit-elle.

– Il aura lieu demain. Maintenant que Bâyesîd et Selim ont, grâce à toi, donné leur accord, l'essentiel est acquis. On peut attendre demain.

Ce contretemps exaspère Roxelane. Le bon sens de Soliman la blesse. Elle se sent comme trahie par la tranquillité qu'il oppose à son exaltation. Elle s'emporte.

– Tu es le souverain. Tu dois signer. Tu dois passer outre...

Sa voix s'embarrasse. Elle chancelle.

Soliman la soutient. Elle grimace de douleur, porte la main à son cœur. Elle continue d'articuler des phrases véhémentes qu'il ne comprend pas. Il la soulève entre ses bras et la porte jusqu'au lit de repos où il sommeillait lorsqu'elle a surgi : elle ne pèse rien. Il sent contre son torse le corps décharné par la maladie. Il est submergé par la peur, l'impuissance. Son amour s'en va sans lui, contre lui. Il l'allonge. Elle s'agrippe des deux mains à son bras, le tire vers elle. Elle voudrait hurler mais il ne sort de ses lèvres qu'un murmure rageur :

– Tu dois signer. Tu es le souverain.

– Je vais le faire, promet-il doucement.

Elle est agitée de sursauts. Ses yeux tournent dans leur orbite. Elle aspire l'air avidement, bouche ouverte, et le rend sans qu'il ait atteint ses poumons, en longs halètements d'agonie. Elle s'accroche à lui avec la même avidité inutile. Elle jette ses derniers mots :

– Je ne veux pas mourir. Dieu ne peut vouloir ma mort. Je suis la Sultane.

Elle râle encore un instant puis un spasme interrompt sa fureur et sa vie.

Soliman ferme les yeux de sa bien-aimée. Sous ses mains, le visage figé dans la colère se détend et s'apaise. Il s'agenouille. Il prie Dieu le Miséricordieux d'accueillir son épouse dans son paradis. Il le supplie de lui pardonner un orgueil et des emportements dont il est, lui Soliman, le coupable et le seul redevable.

Ce que Roxelane avait noué avant sa mort eut des conséquences exactement inverses à ses vœux.

Lala Mustapha avait une haute idée de lui-même. Lorsque, après l'enterrement de la Sultane, Soliman le nomma Grand Maître de la cour de Selim, il touchait à la vieillesse. Sa carrière avait été honorable, sa probité lui valait la considération générale, on le citait en exemple. Mais il n'avait jamais accédé au poste de premier plan qu'il pensait mériter. A plusieurs reprises, lorsqu'il s'était agi de choisir un responsable doté de pouvoirs véritables, il avait attendu d'être désigné. C'était toujours un autre qui l'avait emporté, un autre que Lala Mustapha considérait à part soi comme une canaille et qu'il se mettait aussitôt à haïr. Il avait fini par se persuader que c'était sa valeur, particulièrement sa valeur morale, qui le confinait dans des places de second ordre. Il voyait arriver la fin de sa vie, drapé dans sa dignité et consumé d'amertume.

Selim l'observa quelque temps. Il avait l'œil vif des corrupteurs et ce talent naturel de la manipulation où se mêlent le cynisme et la curiosité, l'intérêt pour les êtres et le plaisir pervers, en les utilisant, de les révéler à eux-mêmes.

Il entreprit d'abord de faire craquer le masque de Lala Mustapha. Il avait deux armes : l'admiration béate et les familiarités désinvoltes. Bientôt le noble vieillard fut assuré d'être non seulement un homme exceptionnel, aux qualités encore plus rares que ce qu'il avait toujours cru, mais le camarade du prince. Il partageait ses repas, ses chasses, et, à l'étape suivante, tout émoustillé, ses orgies. Il goûtait près de lui ces moments d'intimité où les barrières tombent, où les confidences s'échangent sans précaution.

Lorsque Selim eut Lala Mustapha à sa main, il lui promit de le faire accéder au grand vizirat si lui-même, un jour, devenait Sultan. L'obstacle à ces beaux rêves c'était, évidemment, Bâyesîd. Lala Mustapha l'avait élevé. Il l'aimait. C'était en lui qu'il avait placé son espoir d'une revanche éclatante avant de quitter le monde. Selim démolit cet édifice à grands coups brutaux qu'il assenait quand il était ivre (« Délivrer la terre de cet imbécile qui nous bouche l'horizon est un devoir. C'est l'audace de leurs actes qui fait les hommes supérieurs »), suivis, au matin, de rétractations rêveuses (« J'aime mon frère autant que toi, il régnera, nous mourrons obscurs, résignons-nous à nos médiocrités »). Il argumentait aussi, insidieusement. Lala Mustapha finit par croire que Bâyesîd était responsable de sa carrière manquée. C'était le prince qui, croyant lui rendre hommage, avait établi sa réputation d'homme sage mais incapable de la vigueur qu'exigent les grandes affaires.

Ainsi, un jour, un courrier partit pour Konya, porteur d'une lettre de Lala Mustapha à Bâyesîd. Le vieux maître y proposait à son illustre élève de le débarrasser d'un frère dont il dénonçait la bassesse, l'ivrognerie, les mœurs dissolues et surtout la folie jalouse, le désir obsessionnel de supplanter son aîné. « La violence de mon projet vous paraîtra surprenante, me connaissant. Je m'y suis résolu, après bien des nuits de veille, par amour de vous et pour le salut de l'Empire. »

Bâyesîd ne pouvait douter de la loyauté de Lala Mustapha et encore moins de la rectitude de ses résolutions. Dans sa réponse il posait comme seule condition au meurtre de Selim que personne ne pût soupçonner qu'il en était le commanditaire. « Je ne veux pas accéder au trône les mains teintes de sang, comme mon père. »

Selim éclata de rire quand Lala Mustapha lui remit la lettre de Bâyesîd.

– Décidément, dit-il, mon frère est une bête. On ne piège pas plus facilement un lapin. Je te félicite tout de même, Lala Mustapha. Nous avons bien joué et tu as fait preuve d'une audace retorse qui te grandit encore à mes yeux.

Il courut mettre la lettre de Bâyesîd sous les yeux de Soliman. Celui-ci, quoi qu'il pensa de ces querelles misérables et de la félonie dont il soupçonnait Selim, ne put moins faire que d'adresser à Bâyesîd des remontrances et l'ordre de ne pas toucher à son cadet. Il dicta et signa sur-le-champ une missive à cet effet. Lala Mustapha attendait Selim à la sortie du palais. Il avait pris ses dispositions. Être devenu, en quelques semaines, le pivot d'un complot dont le trône d'Osman était l'enjeu l'enfiévrait. Dans cette course au pouvoir, plus rien ne l'arrêtait. Il se sentait capable, avec une sourde jubilation, de toutes les trahisons et de toutes les férocités.

Les hommes en armes qu'il avait postés sur la route de Konya, déguisés en marchands, se lancèrent à la poursuite des messagers chargés de remettre à Bâyesîd la missive sévère où figurait le sceau de Soliman. Ils les rattrapèrent et les tuèrent, comme Lala Mustapha leur en avait donné l'ordre. Deux jours plus tard, des rumeurs coururent la ville et le sérail : Bâyesîd avait fait assassiner les messagers du Sultan. Lala Mustapha en personne les confirma avec un air désolé : son élève, le prince qu'il chérissait, avait dû perdre la raison. Non seulement il ne voulait plus entendre les mises en garde de son père, mais il avait osé le bafouer en massacrant des hommes vêtus de sa livrée et porteurs de sa volonté.

Soliman entra dans une colère qui fit trembler son entourage. Puis il se retira pour prier. Il annonça ensuite ses ordres aux vizirs. Bâyesîd devait se retirer à Anysia, loin d'Istanbul. Selim était envoyé à Kütalya. « Une seule personne était capable d'imposer la concorde à nos fils, leur mère. Elle n'est plus là. Je les sépare pour éviter le pire en mémoire d'elle. Leur affrontement lui aurait déchiré le cœur. Mais je veux qu'il soit clair aux yeux de tous que leur rivalité est sans objet et restera sans conséquence, quoi qu'il advienne, aussi longtemps que j'occuperai le trône. »

Bâyesîd, dont la bonne foi était entière, ne comprit rien à ce qui était advenu. Outré par l'injustice que lui faisait son père, croyant que celui-ci voulait l'évincer au profit de Selim, il refusa de quitter Konya et rameuta des troupes.

Selim, fort de cet acte de rébellion ouverte que le Sultan ne pouvait tolérer, prit la tête d'une armée. Les janissaires le soutenaient. Soliman consentit à ce que les sipahis et des corps d'artillerie le rejoignent. Le troisième Vizir, Sokollu Mehmed Pacha, dont l'étoile s'affirmait de jour en jour, l'avait convaincu qu'en l'occurrence Selim, quelles que fussent ses arrière-pensées, défendait son autorité et l'unité de l'Empire.

La bataille eut lieu près de Konya. Bâyesîd fut vaincu et s'enfuit. Les lettres implorant son pardon qu'il envoya à son père restèrent sans réponse. Encore une fois Lala Mustapha les avait interceptées. Désespéré et ne sachant vers où se tourner, il eut la malencontreuse idée de demander asile aux Perses. Shah Tahmasp, le plus farouche adversaire de Soliman avec Charles Quint, l'accueillit somptueusement et lui jura de ne jamais le livrer à son père. Il tint parole. Il le livra à Selim, contre quatre cent mille pièces d'or. Bâyesîd et ses cinq fils furent étranglés.

Dieu avait fait à Roxelane la grâce de renouer, dans les dernières semaines de sa vie, avec la petite fille qu'elle avait été, puis de retrouver près de Soliman les échos tendres de la passion qui les avait unis. Peut-être était-ce une grâce supplémentaire du ciel de l'avoir fait mourir en colère, dans l'illusion d'agir jusqu'au bout au mieux des intérêts de son fils chéri.

SOLIMAN

Le Grand Seigneur est à bout de vie.

Les ambassadeurs, dont si longtemps les rapports ont décrit, avec un effarement ébloui, l'éclat de son génie, sa gloire et sa puissance, recensent aujourd'hui les signes de sa sénélité. Ils le peignent voûté, amaigri, jouet des intrigues du sérail, incapable désormais de dominer les affrontements au sein des peuples réunis sous son joug. L'Occident l'avait surnommé le Magnifique et les Musulmans le Législateur. Il n'est plus, pour tous, que le vieillard d'Istanbul. Hardiment d'un côté, avec une tristesse résignée de l'autre, on spécule sur la dislocation de l'Empire.

La fin est certaine. Elle arrive. Mais croire qu'elle clôt l'histoire, c'est méconnaître Soliman.

Après tant d'années de tragédies, tant d'altière solitude sous le regard de Dieu, il n'exerce certes plus le pouvoir comme il l'a fait pendant presque un demi-siècle. Il se repose sur ses vizirs du soin des affaires. Mais sa résolution reste la loi. Aux réunions du Divan, elle se manifeste par des approbations distraites, des silences ou, dans les occasions extrêmes, par un « non » murmuré à voix basse. Après quoi il n'y a plus à y revenir. Lorsqu'il demeure retiré dans ses appartements, priant et laissant passer le temps sur sa lassitude, c'est encore sa volonté qui s'accomplit. Même absent, il règne.

Il songe souvent à Roxelane et parfois aussi à Cihangir. Il se sent amputé de leur tendresse. Mais tellement de jours et de nuits se sont écoulés depuis ces deuils que les blessures de ces chagrins ne le font plus souffrir. Tout homme porte des cicatrices. Il est dur, les siennes ont durci sur lui.

Son fils Mustapha, son petit-fils Murad, Bâyesîd et ses garçons, étaient des pions dressés en travers de son destin. Il devait les abattre. Il l'a fait. Il s'efforce de n'être pas hanté par leur souvenir. Le plus souvent il y parvient. Il lui arrive de hurler dans son sommeil. Au matin il a oublié son épouvante. Sa vigueur physique et intellectuelle s'émousse un peu plus chaque jour. Mais sa fermeté de caractère est une forteresse sans faille. Elle le tient.

De son sang demeurent vivants Mihrimah et Selim. Mihrimah s'est instituée la légataire morale de sa mère. Elle le harcèle d'exigences et de conseils. Il l'écoute avec patience. Sous ses stridences, il sait distinguer l'inaltérable capacité d'aimer que possédait aussi Roxelane. Avec l'âge elle est devenue avide de biens. Elle entasse l'or sans combler l'insatisfaction qui la taraude. Elle affiche une piété stricte, qu'entretiennent les religieux dont elle s'entoure. Chaque fois qu'elle apprend qu'une injure a été faite à un musulman, serait-ce à l'autre extrémité de la Méditerranée, elle s'indigne. Elle réclame de son père, à hauts cris, vengeance et réparation. Il la voudrait sereine. Comme il ne peut rien pour l'aider, il l'accepte telle qu'elle est. Il pense que si Mihrimah avait été la fille d'un homme ordinaire, seulement humain, vraiment humain, sa bonne nature l'aurait emporté sur les défenses hargneuses qui la hérissent.

Il méprise Selim. Il réprouve la bassesse d'âme qui le porte à cultiver ceux qui l'amusent ou le servent, indifférent à la crapulerie, sans considération pour la droiture. Il se tient éloigné de lui pour s'épargner d'inutiles colères et surtout n'être pas conduit à l'humilier publiquement. Car Selim est l'héritier du trône. Dieu l'a choisi. Cela prime tout. Peu importent ses tares. Peu importeraient ses mérites. Soliman a le devoir de le respecter. Il le respecte et il a pitié de son sort d'élu. Ce sont le même respect et la même pitié qu'il éprouve pour sa propre personne quand, assis en gloire sur son trône, devant le parterre des dignitaires et des ambassadeurs prosternés, il vogue les yeux mi-clos au-dessus de lui-même, comme un aigle planant très haut dans le ciel.

Quand sa flotte a écrasé celle des Chrétiens à Djerba, coulant vingt galères et trente vaisseaux de transport, tuant vingt mille soldats italiens, espagnols et allemands, humiliant Philippe II qui avait la prétention de délivrer la Méditerranée de l'emprise turque, il a présidé, comme il convient, au retour triomphal de l'amiral Piyale à Istanbul. Une foule immense, accourue sur les rives du Bosphore, acclamait les vainqueurs. Dans le kiosque que l'on avait dressé pour lui à l'entrée de la Corne d'Or, immobile, statufié dans son caftan, bardé d'or, le visage maquillé, il est demeuré impassible. Le défilé de ses galères, le délire d'enthousiasme de ses sujets ont duré des heures sans qu'il bouge, ni se départe de son indifférence sévère. On aurait pu penser que cette victoire ne le concernait pas et que rien de nouveau ou d'inattendu n'était arrivé.

Plus tard, quand l'armada turque, forte pourtant de trois cent cinquante bâtiments, a échoué devant Malte, il a accueilli ce revers, le premier subi depuis son avènement, avec la même impassibilité. On l'a cru plus que jamais harassé par l'âge et les épreuves, perdu dans ses songes, déjà absent au monde. Il l'était, mais jusqu'à un certain point seulement.

Après la déconvenue ottomane à Malte, Maximilien, neveu de Charles Quint et nouvel empereur d'Autriche, estime le moment venu d'arracher la Transylvanie aux Turcs. Il attaque Jean-Sigismond qui y règne sous la suzeraineté de la Porte. Dès qu'il l'apprend, Soliman convoque Sokollu qu'il vient de nommer Grand Vizir. Originaire de Bosnie, recruté par les Turcs à l'âge de dix-huit ans alors qu'il s'apprêtait à devenir moine, ce dernier a gravi tous les échelons de la hiérarchie jusqu'aux postes les plus éminents : chambellan, grand amiral de la Flotte, troisième Vizir, gouverneur de Roumélie. C'est un homme que sa patiente expérience n'empêche pas de voir large et loin. Soliman le connaît bien. Il a vu s'épanouir sa valeur. Le jour où il l'a nommé, il lui a dit : « Je suis un homme usé. Tu es ardent. Ne te considère pas comme l'instrument de ma grandeur. Tu en es dorénavant le dépositaire. »

Le Grand Vizir expose la situation au Sultan puis conclut :

– Ainsi l'armée de Maximilien est peu nombreuse et mal équipée. Nos forces sur place sont suffisantes pour la contenir...

Soliman l'interrompt :

– Alors contenons-la.

– Vous m'avez mal compris, Seigneur, poursuit Sokollu. Je voulais dire que nos forces sont en état de la contenir pendant le temps qu'il faudra pour préparer une riposte. L'échec de notre flotte devant Malte a mis le trouble dans les esprits. Les Chrétiens s'enflamment et se prennent à rêver de reconquêtes et de revanches. Les Musulmans doutent et murmurent.

– C'est possible, dit Soliman.

– Non, Seigneur, c'est certain. Nous avons besoin d'un triomphe éclatant...

Sokollu guette une approbation. Mais le Sultan se tait. Aucun trait de son visage ne bouge. A-t-il entendu ? Sokollu s'approche :

– J'ai déjà pris des dispositions, Seigneur. Trois cent mille hommes seront prêts à marcher le 1er mai. Nous pouvons être sur le Danube en un mois...

Soliman, la tête penchée, suit les mouvements lents de la poussière qui flotte dans un rayon de soleil. A quoi pense-t-il ? Pense-t-il seulement ? Son regard revient sur Sokollu.

– Alors, marchons, murmure-t-il.

Il lève la main droite au-dessus de l'accoudoir de son trône et la laisse retomber. C'est le geste habituel par lequel il signifie la fin d'une audience. Mais Sokollu, au lieu de se retirer, reprend la parole d'une voix pressante.

– Cette armée, c'est vous qui devez la commander. Il y a dix ans que vous n'avez pas conduit vos troupes en personne. L'effet serait formidable. Les villes s'ouvriraient et les ennemis s'enfuiraient sans combattre. Vous êtes l'incarnation de la victoire.

Soliman se tasse sur lui-même. Pas un instant jusqu'alors il n'a envisagé de repartir en campagne. Où est son devoir ? Ce qui reste dans sa carcasse de force au service de Dieu, doit-il l'épargner ou l'exposer ? Les arguments contraires se bousculent dans son esprit. Ils se contaminent, s'entrepénètrent. Ni sa raison ni son instinct ne trouvent plus de point d'appui pour trancher. Cet accès d'indécision l'affole. La paralysie d'un de ses membres l'affecterait moins que cet affaissement de sa volonté.

Pour Sokollu qui attend sa réponse, pour les dignitaires qui les entourent à distance respectueuse, guettant les conclusions de leur entretien, il est encore le Pâdishah, celui qui, éclairé par Dieu, choisit la voie. Mais, à ses yeux, il n'est plus qu'un pantin sénile, abîmé dans le sentiment de sa nullité. Il lui reste les apparences et l'habitude de faire face.

Il se redresse :

– Puisque, comme tu l'as dit, j'incarne la victoire, je mènerai les troupes.

Les cérémonies qui marquent le départ de l'armée ottomane pour la troisième campagne de Hongrie sont écrasantes de somptuosité. Sokollu y a veillé. On n'a jamais rien vu de tel. Pourtant, dans le déploiement de force et de pompe, on croyait avoir atteint jusqu'à ce jour l'insurpassable.

Soliman suit ses soldats, dans une voiture fermée. Les os de ses jambes et sa colonne vertébrale provoquent de telles souffrances lorsqu'il se tient à cheval qu'il ne peut, malgré son stoïcisme, les dissimuler plus d'une demi-heure. Tous les médecins de sa maison ont été embarqués dans les fourgons, sur l'ordre du Grand Vizir, afin de veiller sur sa santé. Mais il n'accepte auprès de lui que le vieux Moïse. C'est le seul homme devant lequel il se permet de se plaindre et parfois, tenaillé par la douleur, de geindre comme un chien. Moïse ne juge pas. Il ne prétend pas le soulager quand il sait sa science impuissante. Il se tait quand on l'interroge sur la santé de son prestigieux patient. Moïse est le gardien de la part humaine de Soliman. Témoin du désespoir qui l'a dévasté lorsque Cihangir est mort, puis de la tristesse inguérissable qui l'a envahi à la disparition de Roxelane, il se tient, depuis dix ans, dans son intimité. De la confiance du Grand Seigneur il n'attend ni argent, ni prestige. Le salaire de sa compassion, c'est la pure fraternité.

Du Bosphore à Belgrade le voyage dure quarante-neuf jours. Le temps est atroce. Les pluies incessantes emportent les ponts et défoncent les chemins. Des centaines d'hommes travaillent à dégager la route devant la voiture du Sultan. Il a ordonné qu'on ne s'arrête sous aucun prétexte. Chaque cahot le torture. Agrippé à la main de Moïse, il endure. Les chevaux peinent dans les ornières, s'envolent, excités par les fouets dès que le terrain s'aplanit. Toutes les quatre heures on en attelle de frais. La supériorité de l'armée ottomane est fondée sur la rapidité de ses déplacements autant que sur sa puissance. Le martyre que Soliman subit, ballotté par la course, est la promesse d'une nouvelle victoire foudroyante, comme celles qu'autrefois, tant de fois, il a remportées. Les tourments de sa chair lui prouvent, seconde après seconde, qu'il incarne l'ardeur conquérante de sa race et de sa foi. Les assumer, c'est son affaire intime. Son devoir de souverain, c'est de les cacher. L'effet sur la combativité de ses troupes serait désastreux. Bientôt les ennemis seraient avertis que le terrible vieillard sorti de sa retraite pour fondre sur eux n'est qu'un moribond.

Puisqu'il ne peut se montrer sans détruire ce qu'il symbolise, il s'entoure de mystère. Sa voiture, rutilante malgré la boue, hermétiquement drapée de rideaux pourpres, précédée de cent pages vêtus d'or, oriflammes brandies et claquantes, est le tabernacle qui emporte au galop le Dieu des conquêtes, à travers la cohue des cavaliers et des chameaux de bât. Invisible et reclus, Soliman rayonne.

Personne n'a le droit de l'approcher. A l'étape, il reçoit exclusivement Sokollu et Cafer Aga, le secrétaire qui, imitant exactement l'écriture du Sultan, rédige ordres et missives comme s'ils étaient de sa main.

Enfin, à bout de souffle, on franchit le Danube sur un pont reconstruit à la hâte. Jean-Sigismond y a dressé son camp. Il est prévu qu'il accueillera son suzerain avec le faste qui lui est dû, devant les armées assemblées.

A la nuit, tous témoins éloignés, Sokollu et Moïse sortent le Sultan de sa voiture et le transportent dans sa tente de parade. Les reins rompus, les articulations des genoux et des hanches bloquées par l'ankylose, il ne peut plus marcher. Voyant son état, Sokollu propose d'annuler la cérémonie.

– Sous quel prétexte ? demande Soliman.

– Les fatigues du voyage, Seigneur.

– Il n'est pas dans le rôle du Pâdishah menant son armée à la bataille d'être fatigué par un voyage. Je passerai les troupes en revue et je recevrai l'hommage du roi de Transylvanie, mon féal. Il ne peut en être autrement.

– Mais, Seigneur, vos jambes ne vous portent plus...

– A cheval, je tiendrai. Choisis un vieil étalon harassé, comme moi. Prive-le de sommeil et de nourriture pour qu'il soit aussi doux que je suis faible. Caparaçonne-le de pierreries aussi voyantes que celles qui orneront ma personne. Notre magnificence couvrira notre décrépitude.

Sokollu veut protester. Soliman le renvoie.

– Tu as voulu que je vienne. Je suis là. Obéis.

Lorsque le Grand Vizir est sorti, Moïse s'approche de son maître et ôte la peau d'ours sous laquelle il est étendu. Il palpe ses jambes inertes puis se redresse :

– Vous ne tiendrez pas à cheval.

– Il le faut pourtant. Donc je tiendrai. Dieu m'aidera. Tu me donneras de l'opium.

– Dans l'état où vous êtes, ni Dieu, ni votre volonté, ni mes remèdes ne peuvent vous rendre la capacité physique de vous montrer demain tel qu'on vous attend...

Moïse s'interrompt soudain. Sur les joues du Grand Seigneur, des larmes coulent. Il semble ne pas s'en rendre compte. Ses yeux ne cillent pas. Chaque goutte s'arrondit sous la paupière inférieure, se détache, glisse jusqu'à la barbe sans qu'un trait de son visage tressaille. Cet abandon pétrifie Moïse. Par réflexe de médecin, il pose sa main sur la poitrine de Soliman comme pour retenir son souffle.

– Reprenez-vous, Seigneur, chuchote-t-il, par pitié de moi, par respect de vous...

– Respect de quoi ? Mon cœur se soulève sous ta main, mais le Sultan est mort.

– Non, Seigneur. Il reste un moyen. J'allais vous le proposer.

Les larmes de Soliman se tarissent instantanément. Sa respiration s'accélère. Sa voix siffle.

– Quel moyen ?

– Mon fils Efraïm prétend avoir un don de guérisseur. Vous le connaissez, Seigneur, c'est lui qui fut le compagnon du prince Cihangir.

– Il est avec toi ?

– Il ne me quitte jamais, Seigneur. Mais il est bossu et l'âge a accentué sa disgrâce. Il n'aime pas se montrer.

– Va le chercher. Mais avertis-le que ma santé est un secret d'État. S'il parle, je le tue.

Lorsque Efraïm pénètre dans la pénombre de la tente, entre les lueurs des lampes à huile, Soliman croit voir Cihangir : même façon heurtée, glissante, de se déplacer, comme un animal blessé qui ne pourra, si on l'attaque, ni se défendre ni s'échapper, même regard attentif et fuyant à la fois, même air d'être ailleurs, en alerte et hors d'atteinte.

Quand il était enfant, indifférent à sa difformité qui ne l'empêchait pas alors de plaire, Efraïm était curieux, jacasseur, toujours jaillissant vers les autres. Puis il a cessé d'amuser. Les filles l'ont fui, même les putains du port. Il a affronté les moqueries, le dégoût, au mieux la pitié. Comme il avait l'esprit vif et la réplique cinglante, on a associé à son corps tordu une âme perverse. Il a réagi à ces misères par la retraite et le silence. Mais il a gardé, sous son masque de résignation, un fond d'allégresse. C'est son secret et son bien. Les ondes que répandent ses mains, il est sûr qu'elles émanent de ce foyer. Il en a deviné les effets bénéfiques avant même d'en faire l'expérience sur de pauvres hères, couchés à l'abandon dans la ruelle où est située sa maison.

Il ne s'incline pas devant le Sultan. Sa bosse le tient naturellement courbé. Il se contente d'étendre les mains au-dessus de ses jambes paralysées.

Soliman attend. Il se tait. Il veut croire, il croit, aux dons surnaturels de l'espèce de fantôme jailli du passé pour le soulager. Le souffle de l'infirme, à chaque respiration, caresse son visage. Il revit les minutes où son fils a expiré entre ses bras. Il se rend compte qu'il n'a jamais pardonné à Cihangir sa mort, cette mort préméditée, choisie, comme la pire des punitions. Vie contre vie, orgueil contre orgueil, cruauté contre cruauté, jusqu'à cet instant, Soliman est resté buté sur la certitude que Cihangir s'est laissé mourir pour le châtier d'avoir tué Mustapha et Murad. Mais son pauvre enfant difforme avait-il d'autre choix ? Son seul bien c'était l'amour de son père. Quand celui-ci lui est apparu monstrueux, dans son désespoir il s'est livré à sa faiblesse. Il ne s'est pas sacrifié par vengeance ou pour racheter les crimes du Sultan. C'est l'excès du malheur qui l'a emporté.

Pendant qu'il songe ainsi et que peu à peu son esprit s'apaise, il sent la chaleur qui émane des mains d'Efraïm pénétrer sa peau. Ses muscles s'assouplissent. Sa raideur se dissipe. De ses tourments, il ne guérira pas. Il est trop tard. Mais, aller dignement jusqu'au bout de sa route lui paraît désormais une tâche douce. Le bossu plein de bonté l'a conduit sur la pente de l'humilité.

– Levez-vous, Seigneur. Je crois que vous le pouvez maintenant. Je vais vous aider.

Soliman prend appui sur l'épaule de son sauveur. Il se met debout et fait quelques pas. Il chancelle, ses mouvements sont lents, mais il marche et la douleur est supportable.

– Tu as fait un miracle, dit-il à Efraïm.

– Ce n'est pas moi, répond l'infirme en souriant, ce sont les fées qui habitent mes mains.

– J'ai besoin de toi, Efraïm. Tu ne dois plus me quitter. Promets-le-moi.

– Je vous le promets.

Soliman s'approche d'un coffret dont il soulève le couvercle.

– Regarde ces émeraudes, dit-il. Touche-les. Compte-les. Demain elles brilleront sur ma personne. Quand la mort me prendra, cache-les sous tes vêtements et sauve-toi. Je te les donne. Considère qu'elles sont déjà à toi.

Le lendemain, assis sur son trône de parade, Soliman reçoit l'hommage de Jean-Sigismond. Au lever du soleil, Efraïm, qui a dormi à ses pieds, l'a habillé, paré et maquillé. Il n'a pas la pratique de ces soins. Mais Soliman a montré toutes les patiences. Chaque effleurement des mains du bossu sur son corps est un bienfait qui le réconforte.

Jean-Sigismond s'agenouille devant son suzerain. Quatre pages de sa maison, habillés d'étoffe d'or, déposent devant le trône douze vases sertis de pierres précieuses, et, comme un fruit sur un coussin, un rubis de cinquante mille ducats. Soliman tend à son féal sa main à baiser. D'une voix dont la sûreté l'étonne lui-même, il l'appelle « son fils chéri » et lui promet toute l'aide dont il aura besoin pour résister aux prétentions belliqueuses du Habsbourg. Les dignitaires turcs qui assistent à la cérémonie respectent le silence qui est de règle à la cour ottomane. Mais les nobles transylvaniens acclament à grands hourras le discours du Grand Seigneur.

Dissimulé derrière un pan de rideau, Efraïm ne quitte pas des yeux son maître. Il sait qu'à la distance qui les sépare ses mains n'ont pas de pouvoir. Mais il les tend tout de même. Pour congédier Jean-Sigismond, il est prévu que le Sultan devra se lever, lui offrir un sabre et l'embrasser. Tandis que les cris retombent, Soliman rassemble son courage. Devant lui, la centaine d'hommes qui emplit la tente se prosterne sur les tapis de soie et s'immobilise entre les tentures. Aucun ne bougera avant qu'il n'accomplisse ce pour quoi il est là. Il déploie ses bras sur les accoudoirs. Il s'assure de leur appui, puis lentement, lourdement, se soulève. Personne, pas même Sokollu qui se tient à droite du trône avec les vizirs, n'a perçu son effort et les ondes de souffrance qui brouillent sa vue. Le seul témoin conscient de l'exploit, c'est Efraïm. Caché dans son coin, il rit comme un enfant, pendant que le Sultan exécute, un à un, les gestes fixés par le protocole.

Une fois que Jean-Sigismond et les seigneurs de sa suite se sont retirés à reculons, Soliman s'accorde un répit. Le dos droit contre le siège, resplendissant d'or, les yeux mi-clos sous le turban, la main droite fermée sur les émeraudes de son poignard, on pourrait croire qu'il prie et, dans un même mouvement, donne à adorer sa majesté aux siens, qui, toujours dans le plus profond silence, l'observent. En vérité, il attend que ses vertiges cessent et que les douleurs de ses jambes redeviennent à peu près tolérables.

A l'extérieur de la tente, cent mille soldats attendent aussi. Ils ont passé la nuit à nettoyer leurs uniformes, à astiquer le cuir et le métal de leurs parures, à faire reluire leurs armes et les robes de leurs chevaux. Alignés dans la plaine sous les nuées d'orage, ils sont prêts pour la revue que doit passer le Gazi suprême successeur des Califes, porteur de l'étendard de Dieu, Vainqueur Éternel dont le nom seul provoque l'effroi des infidèles. Soliman fait signe à Sokollu d'approcher.

– Que ceux qui occupent ma tente la quittent, toi compris. Moïse m'amènera mon cheval. Ne crains rien : le vieillard d'Istanbul fera son devoir et tu auras l'effet que tu désires.

Quand la tente est vide, Efraïm sort de sa cachette. Il fait boire Soliman qui halète, lui impose les mains. Ses yeux malicieux tournent et brillent.

– Dans un instant, mes fées auront dévoré votre souffrance. Elles l'aiment. Elles en sont voraces. Vous le sentez aussi, n'est-ce pas ? Allons, debout maintenant ! Voici mon père qui entre avec votre cheval. Nous allons vous y hisser, comme vous nous l'avez ordonné ce matin, et la mascarade pourra commencer.

Moïse qui a entendu les derniers mots de son fils supplie Soliman de pardonner cette insolence. Mais Soliman ne s'en soucie pas. Il ne se soucie plus de rien sauf de l'épreuve qu'il va s'imposer : avancer sur le front des troupes sans perdre conscience. Il a une demi-heure à tenir.

Il tient. On acclame le Magnifique. Les bonnets d'uniforme volent. Les armes luisent. Les étalons hennissent. Derrière les bataillons de croupes et les rangées de dos, Efraïm trottine dans la boue. Il ne voit rien de la parade. Mais l'héroïsme de Soliman que nul ne distingue, mais que lui sait, le fait rire à pleines dents.

Plus tard, quand le corps du vieillard épuisé gît sous ses mains, blafard comme un cadavre, son allégresse ne l'a pas quitté.

– En rentrant dans la tente pour vous accueillir tout à l'heure, savez-vous ce que j'ai entendu ?

Soliman ne réagit pas, Efraïm le pince.

– Écoutez-moi, Seigneur. Je ne bavarde pas pour vous distraire mais pour vous empêcher de sombrer.

Soliman ouvre les yeux. Ses pupilles sont fragmentées comme si la tension de l'effort les avait fendues.

– Tes bavardages n'ont pas empêché Cihangir de sombrer, murmure-t-il.

– Votre fils avait l'âme malade. Personne ne pouvait l'aider à résister au poids du malheur. Vous, vous êtes seulement vieux et usé.

– C'est bien lourd aussi, dit Soliman.

Il referme les yeux mais son visage se détend.

– Alors qu'as-tu entendu tout à l'heure qui devrait me donner envie de vivre ?

A l'extérieur, le tonnerre gronde. La pluie se met à tomber, martelant les parois de la tente.

Efraïm force sa voix de fausset.

– J'ai surpris un drôle, un grand imbécile de Macédonien qui disait à son compère : « Celui qui nous a passés en revue n'est pas le Sultan, c'est un sosie qu'on a mis à sa place. Le Sultan est mort à Istanbul avant le départ. Sa voiture était vide, c'est pour ça que personne ne devait l'approcher. Depuis le début, on nous trompe pour mieux nous faire tuer. » Que dites-vous de mon histoire, Seigneur ?

Soliman ne répond pas. Efraïm l'interpelle à nouveau mais, comme il n'obtient toujours pas de réponse, il se penche. Soliman s'est endormi, la bouche ouverte, le souffle rauque.

L'armée repart. Il faut, selon le plan établi par Sokollu et approuvé d'un battement de paupière par Soliman, réduire Erlau avant de s'emparer de Komaron et de Györ.

Efraïm s'est installé dans la voiture du Grand Seigneur. Il ne le quitte ni jour ni nuit, le nourrit, le lave, change ses vêtements souillés d'excréments et des sueurs de la fièvre. Lorsque Soliman dort, il dort lové à ses pieds, comme un animal familier. Pendant les longues heures de galop sur les routes creusées d'ornières, il le soutient entre ses bras, le berce, lui chante des chansons qu'il a apprises en vadrouillant sur le port au temps où sa bosse faisait de lui la mascotte des marins. Quand Soliman s'affaisse et semble s'abandonner, il se moque de lui. Il le pique par des traits d'insolence qu'il lance en gloussant de rire. Il l'appelle « âne fourbu », « caravelle dématée », « char sans roues ».

– Mais le port n'est qu'à deux encablures, l'écurie est derrière cette colline, on approche de l'entrepôt où vous déchargerez votre cargaison. Bientôt vous vous reposerez, comme un enfant dans un jardin, et je vous raconterai des histoires d'amour, douces comme le miel, qui vous feront rêver et vous consoleront de tout.

Malgré la sollicitude d'Efraïm, Soliman s'affaiblit. Les mains miraculeuses du bossu ne réussissent plus à absorber le mal qui ruine ses os.

– Mes fées sont rassasiées, Seigneur. Elles dorment, gavées de vos souffrances. Buvez la décoction d'opium qu'a préparée mon père. Elle vous endormira aussi et, pendant votre sommeil, mes fées retrouveront peut-être leur appétit.

A l'étape du soir, Sokollu vient rendre compte du mouvement des armées. Soliman le reçoit couché dans un ensevelissement de coussins, couvert jusqu'aux yeux de peaux d'ours qui ne réussissent plus à le réchauffer. Il fait semblant d'écouter son Grand Vizir, mimant l'attention, tête penchée. En vérité, il peine à la maintenir. Il s'assoupit. Sokollu abrège son rapport. Il donne lecture, comme la loyauté l'y oblige, des mandements, nominations et décrets que Cafer Aga a rédigés sous sa dictée. Des escouades de messagers les emportent aux quatre coins de l'Empire. Le Sultan ne sait plus les ordres que contiennent ces missives. Mais, sous le sceau souverain, ce sont ses volontés qu'elles répandent sur les peuples.

Après chaque entrevue, Sokollu s'informe auprès de Moïse de la santé de leur maître. Moïse tente de le rassurer pour se rassurer lui-même. Il allègue les conditions éreintantes du voyage, les pluies incessantes, l'humidité et les miasmes que dégagent les terres inondées. Il plaide la résistance d'un homme qui vient à peine d'atteindre soixante-dix ans et qu'aucune blessure grave, aucune maladie n'a jamais affecté.

Au cinquième jour de la chevauchée, entre le Danube et le Tisza, alors que les buffles qui tirent les canons s'enlisent dans les fondrières, Sokollu avertit Soliman qu'un certain comte Zriny, séide du Habsbourg, s'est enfermé dans la forteresse de Szigetvar avec trois mille partisans.

– Il a aussi, poursuit le Grand Vizir, tué notre aga et pillé du butin. Mais ce comte Zriny n'est qu'un capitaine de fortune à la tête d'une troupe de brigands et de paysans exaltés. La forteresse n'a pas d'importance stratégique. Je me propose donc de poursuivre notre avancée sans m'arrêter à ce sursaut de résistance.

Un accès de toux a pris Soliman. Il maugrée contre ces spasmes incoercibles qui le secouent et l'étouffent. Efraïm qui se tient à genoux contre lui calme la crise en pressant les pouces à la base de son cou. Il lui parle à l'oreille.

– Seigneur, il faut vous arrêter. Deux jours de voyage supplémentaires vous disloqueront. Vous mourrez les membres brisés comme un infâme qu'on roue. Écoutez-moi, je vous en conjure. Vous avez besoin de repos. A la guerre, le meilleur des repos, c'est un siège. C'est Dieu qui a mis sur votre route ce comte Zriny.

Soliman réclame à boire. Puis il fait signe au bossu

de le redresser. La voix éclaircie par la gorgée d'eau, il articule à mots comptés :

– Il n'est pas dans mes habitudes, Sokollu Pacha, de laisser derrière moi une forteresse qui résiste et de ne pas punir sur-le-champ l'assassin d'un aga.

On met le siège devant Szigetvar. Pour faire honneur au grand monarque qui daigne l'attaquer, le comte Zriny a paré les remparts d'étoffes rouges et d'étincelantes plaques de métal.

L'artillerie ottomane, la plus puissante du monde, entre en action. On a dressé la tente du Sultan sur une éminence afin qu'il puisse, depuis sa couche, suivre l'action.

Les bombardements succèdent aux bombardements. La vieille ville flambe. Mais il faut, un à un, emporter les bastions extérieurs. Les jours passent, puis les semaines.

Soliman ne souffre plus. Son essoufflement chronique se calme.

– Je n'avais jamais pensé que respirer puisse être une activité si satisfaisante, dit-il à Efraïm.

– Il faut vous nourrir aussi, Seigneur. C'est une activité également indispensable aux êtres vivants.

Mais Soliman n'a plus faim. Son organisme rejette la viande et les bouillies d'orge qu'il avale pour complaire à son ange gardien. Il supporte uniquement les tisanes que prépare Moïse. Il a toujours été maigre et pâle. Il devient diaphane. Même sa charpente osseuse, saillante sous la peau, semble s'alléger. Son corps dénudé n'inspire plus à Efraïm crainte et pitié, mais une sorte de respect qui lui interdit désormais ses moqueries chaleureuses.

Le premier matin de septembre, Sokollu se présente devant le Sultan et lui annonce que les assiégés préparent une sortie. Zriny, écrasé sous les boulets, a décidé, puisque sa perte est certaine, de se jeter, l'épée à la main, sur ceux qui le cernent. Il s'élance à la tête de six cents hommes, avec une héroïque fureur.

Soliman regarde. Il entend le cri de « Jésus » que les Chrétiens hurlent en courant à la mort. Lorsque les combattants entrent en contact et que l'assaut se fragmente en corps à corps, il ne distingue plus, dans cette cohue d'hommes et d'armes, les siens des autres.

Les sabres heurtent les boucliers. Les arquebuses sifflent. Les soldats frappés à la tête ou transpercés d'une flèche au cœur basculent sur le dos, bras levés. Ils restent au sol, face vers le ciel, dans des postures de gisants rêveurs. Ceux qui tombent en avant rampent pour échapper aux coups qui les achèveront. A cette distance on ne voit pas le sang couler mais seulement des taches sombres qui s'agrandissent sur les uniformes.

Soliman tend sa main qui tremble et désigne, pardessus le carnage, de l'autre côté des remparts ruinés, la tour de pierre qui couronne la forteresse.

– La citadelle est intacte, dit-il à Sokollu. Tu ne l'emporteras qu'en la minant.

– Ce sera inutile, Seigneur, leur chef mort, ceux qui l'occupent encore se rendront.

– Ne l'espère pas. Ce sont des soldats de Dieu, comme nous. Entre le paradis et le déshonneur, ils n'hésitent pas.

Aux pieds d'abord, puis le long de ses jambes et de ses flancs, des marbrures blêmes sont apparues sur le corps de Soliman. Moïse l'enduit d'onguent. Mais le Sultan l'écarte. Il ne supporte sur lui que les mains d'Efraïm.

Dans la nuit du cinq au six septembre, il entre en agonie. Alerté par ses râles, Efraïm l'exhorte à lutter. Mais Soliman, s'il l'entend, ne l'écoute plus. Le bossu s'apprête à aller chercher son père. Au premier mouvement qu'il esquisse, la main de Soliman enserre son poignet pour l'empêcher de s'éloigner.

Les minutes passent. Les halètements que forge la poitrine du mourant sont si bruyants qu'Efraïm pense que le camp entier doit les entendre et que bientôt, à l'appel de ces cadences funèbres, tous les hommes seront réunis autour de la tente. Parfois, brusquement, ils cessent. Les doigts de Soliman se desserrent. D'autres minutes passent. Les râles repartent, plus sonores, sur un rythme plus rapide. L'étreinte se referme autour du poignet d'Efraïm.

Aux premières heures du jour, Soliman semble s'apaiser. Ses yeux s'ouvrent. Son regard se fixe sur Efraïm. Mais est-ce bien lui qu'il voit ?

– Mon fils chéri, murmure-t-il.

L'infirme ne peut deviner si cette appellation s'adresse à lui ou, à travers lui, à l'ombre de Cihangir. Il n'ose ni démentir, ni approuver et, moins encore, interroger le Sultan. Depuis plusieurs jours, il n'a pas dormi. L'anxiété et la fatigue le tiennent détaché de lui-même, comme une sorte d'errant que la proximité de la mort a délié de la réalité. Qu'importe qui il est dans le regard du Sultan. Son seul devoir, en cet instant, c'est de confirmer une présence :

– Je suis là, dit-il.

– Mon fils chéri, répète Soliman.

Efraïm prend le Grand Seigneur entre ses bras. Il ne le lâche plus jusqu'au matin.

La citadelle de Szigetvar s'effondre sous l'action des mines ottomanes. Parallèlement, le corps d'armée commandé par le vizir Pertev Pacha enlève Gyula. Sokollu réunit le Divan. Des lettres de victoire, rédigées de l'écriture du Sultan, sont expédiées aux gouverneurs de toutes les provinces de l'Empire, au khan de Crimée, au shah de Perse et aux souverains de l'Europe. Le Grand Vizir fait savoir aux dignitaires assemblés sous son autorité que, selon les désirs de leur glorieux maître, la ville de Szigetvar doit être aussitôt remise en état et qu'une mosquée sera construite sur les décombres de la citadelle. Soliman viendra y remercier Dieu de cette nouvelle victoire, dès qu'il sera remis des fourbures qui le tiennent alité.

Les travaux durent quarante-trois jours. Chaque soir, comme à l'accoutumée, Sokollu, accompagné de Cafer Aga, se rend dans la tente du Sultan et y demeure le temps qu'il faut pour l'informer et recevoir ses ordres.

Quand le soleil se couche et que l'obscurité tombe sur le camp, Efraïm se glisse hors de l'enceinte qui protège le repos du Grand Seigneur. Il erre, de sa démarche heurtée, entre les soldats endormis et les feux qui s'éteignent. Une nuit, l'officier qui commande la garde des janissaires se dresse devant lui. C'est un vieux brave, un Grec bougon qui prétend avoir accompagné le Pâdishah dans toutes ses campagnes. Il attrape Efraïm par son manteau :

– Comment va le Sultan ? demande-t-il à voix basse.

– Son état est stationnaire.

L'officier tire Efraïm à lui.

– Dis-moi la vérité, bossu !

– Je vous l'ai dite ! Lâchez-moi.

Mais le Grec, au lieu d'obéir, resserre sa prise.

– Les hommes sont trop occupés à reconstruire la ville pour se poser des questions. Mais parmi les officiers certains disent...

Sa voix s'assourdit encore, comme s'il avait peur de ses propres paroles :

– Certains prétendent que le Sultan est mort et que Sokollu cache la nouvelle pour maintenir la discipline jusqu'à l'arrivée du nouveau Sultan. Ils racontent même que c'est ton père, le vieux Moïse, que personne n'a vu depuis que la citadelle est tombée, que Sokollu a envoyé à Kütalya pour prévenir Selim.

– Et toi, que penses-tu ? demande Efraïm.

– Je crois que le vieux est mort et, aussitôt après, je me dis que c'est impossible et je suis sûr qu'il est vivant. Ce qui est certain, c'est que les ordres viennent toujours de lui. D'un autre côté, on sait tous que c'est Sokollu qui prend les décisions depuis qu'on a quitté Istanbul et même avant. Si le Sultan est encore vivant, c'est comme si nous obéissions à un mort. S'il est mort, c'est un fantôme qui nous dirige. Ça tourne dans ma tête. Entre vivant et mort quelle est la différence ? J'ai besoin de savoir et en même temps je ne veux pas savoir...

Le Grec se tait. Il lâche le manteau d'Efraïm et s'assoit sur une pierre, tête basse, les mains pendantes entre les genoux.

– Mon idée, dit Efraïm, c'est qu'il n'y a pas grande différence entre vivant et mort quand il s'agit d'un Sultan aussi puissant que Soliman. Si nous croyons tous qu'il est vivant, il est vivant. Quand il sera mort, il sera éternel.

L'officier secoue ses grosses épaules :

– Tu te moques de moi avec tes phrases qui ne disent ni oui, ni non. Mais je savais que tu ne trahirais pas le secret. Tout bossu et sorcier que tu sois, je t'estime pour ta loyauté.

Quand Szigetvar est reconstruit, le Grand Vizir annonce aux généraux que le Sultan a décidé de retourner à Istanbul. Sa santé est bonne mais l'enflure de ses pieds l'empêche toujours de marcher. Si Dieu veut, il entrera dans sa capitale à la tête de ses troupes et ira prier dans la mosquée que l'architecte Sinan a construite en son honneur. L'évocation de ces minarets et de ces coupoles, des récompenses, des fêtes, des splendeurs et des douceurs que la Ville réserve aux soldats victorieux réjouit les cœurs.

On lève le camp. On se met en route. La voiture de Soliman suit, comme à l'aller, précédée des porte-étendard, hermétiquement close. Plusieurs fois par jour, quand on change les chevaux, Sokollu s'en approche. Un rideau s'entrouvre. Le Grand Vizir se penche pour parler au Sultan. Les dignitaires et les chefs de l'armée, arrêtés à bonne distance, observent de tous leurs yeux. L'armée entière guette. En vérité il n'est pas un de ces milliers d'hommes qui ne sache, au fond de son cœur, que le Sultan est mort. Mais l'affirmer à haute voix serait un blasphème. Chacun se tait et considère même comme un devoir pieux de faire vaciller sa certitude intime en considérant comme probants les indices qu'on lui fournit, depuis presque deux mois maintenant, pour avérer que Soliman respire toujours au milieu des siens.

La silhouette qu'ils distinguent au fond de la voiture, donnant la réplique aux déférences ostensibles du Grand Vizir, c'est Efraïm. Sokollu lui a imposé le rôle. Le matin où il a découvert le corps du Sultan déjà froid dans les bras de l'infirme, il lui a dit :

– J'envoie ton père à Kütalya prévenir Selim. Ton silence et ton obéissance seront les garants de sa vie autant que de la tienne.

– Et quand mon père reviendra avec Selim, qu'adviendra-t-il de nous ?

– Une fois que les janissaires auront reconnu le nouveau Sultan, ce que vous ferez ou direz n'aura plus aucune espèce d'importance.

Le turban enfoncé sur la tête, son corps difforme dissimulé sous une pelisse, le bossu tend à Sokollu les rapports que Cafer Aga a annotés de l'écriture du Sultan. Puis il referme le rideau avec une impériale sécheresse.

Le cadavre de Soliman qu'il a embaumé comme il a pu en utilisant la pharmacie de son père, qu'il a enroulé dans un drap, puis arrimé par des cordes au fond de la voiture, gît sous un amoncellement de coussins et de fourrures. Quand Efraïm s'ennuie trop, il chante ses chansons de marin. Il lui arrive aussi de se raconter à mi-voix, et du même coup de raconter au défunt invisible qui règne encore par son truchement, les projets qu'il réalisera grâce aux émeraudes cachées dans sa poche. Sa plus belle histoire, c'est un voyage à Venise afin d'y épouser Zohoral, la bien-aimée de Cihangir. Il détaille les délices qu'il goûtera auprès d'elle. Soudain, il songe que, si Zohoral n'a pas de répulsion envers les infirmes, elle doit être bien vieille à présent. Il se tait. Il rêvasse. Il s'endort malgré les cahots.

On approche de Belgrade. A l'étape, un messager avertit Sokollu que Selim qui a quitté Kütalya en hâte et, depuis, galope sans trêve, rejoindra l'armée le lendemain à l'aube. Dès que la nuit est tombée, le Grand Vizir enjoint à Efraïm de transporter la dépouille de Soliman dans la tente qu'on dresse chaque soir et que, d'ordinaire, le bossu occupe furtivement pour donner le change aux gardes. Il convoque ensuite les muezzins chargés de réciter le Coran. Le chant funèbre s'élève :

A quoi reconnaîtras-tu l'étoile nocturne ?
C'est l'étoile qui lance des dards.
Que l'homme considère de quoi il a été créé.
Dieu l'Omniscient et le Miséricordieux
le ressuscitera
Le jour où il n'aura plus ni puissance, ni appui.

Cent mille soldats pleurent en silence.

Quand le soleil se lève, Selim paraît, vêtu de deuil. Il assiste à la prière des morts. Il invoque le ciel, puis se retire dans sa tente. Les rangs des janissaires s'agitent. Des cris fusent : « Le Sultan n'a rien dit de nos gratifications... Prends garde à toi, Selim l'Ivrogne. » Sokollu calme cette fronde par des cadeaux, des promesses et des menaces. Il dirige le gouvernement de l'Empire depuis dix-huit mois. Il le dirigera durant quatorze ans encore, au-delà du règne de Selim, jusqu'à celui de Murad.

On reprend la route d'Istanbul. Les fantassins et les

cavaliers, lance au poing, escortent le char où repose le cercueil.

Loin derrière l'armée, parmi les carrioles brinquebalantes des marchands et des putains qui se bousculent dans son sillage, Moïse et Efraïm trottinent sur des mules.

On enterre le Grand Seigneur aussi simplement que le veut l'Islam, dans le mausolée modeste qu'a construit Sinan auprès de celui de Roxelane, à l'ombre de la mosquée Süleymaniye. Aucun chroniqueur ne prend la peine de décrire la cérémonie.

Quelques jours après, Efraïm grimpe le long des ruelles qui des berges de la Corne d'Or mènent aux sublimes terrasses. Il musarde à travers les jardins, comme un enfant qui attend ses jeux du hasard. Lorsqu'il aperçoit, au bout de l'allée oblique, l'angle du tombeau, il y court. Il pose les mains sur la pierre. Elle est tiède. Cette tiédeur inattendue le fait rire. Il sort de son manteau une bourse de cuir. Il l'ouvre et contemple ses émeraudes. Il les secoue pour les entendre tinter. Il les regrettera jusqu'à la fin de ses jours, il le sait. La certitude que leur éclat ne ternira jamais ne le consolera même pas. Il s'agenouille et enfouit la bourse sous la dalle, aussi loin qu'il peut. Renoncer est le plus beau mot du monde.

IMPRESSION : S. N. FIRMIN-DIDOT AU MESNIL-SUR-L'ESTRÉE
DÉPÔT LÉGAL : SEPTEMBRE 2000. N° 41943-2 (52785).

Collection Points

DERNIERS TITRES PARUS

P271. Le Petit Mitterrand illustré, *par Plantu*
P272. Le Train vert, *par Herbert Lieberman*
P273. Les Villes invisibles, *par Italo Calvino*
P274. Le Passage, *par Jean Reverzy*
P275. La Couleur du destin, *par Franco Lucentini et Carlo Fruttero*
P276. Gérard Philipe, *par Gérard Bonal*
P277. Petit Dictionnaire pour lutter contre l'extrême droite *par Martine Aubry et Olivier Duhamel*
P278. Le premier amour est toujours le dernier *par Tahar Ben Jelloun*
P279. La Plage noire, *par François Maspero*
P280. Dixie, *par Julien Green*
P281. L'Occasion, *par Juan José Saer*
P282. Le diable t'attend, *par Lawrence Block*
P283. Les cancres n'existent pas, *par Anny Cordié*
P284. Tous les fleuves vont à la mer, *par Elie Wiesel*
P285. Parias, *par Pascal Bruckner*
P286. Le Baiser de la femme-araignée, *par Manuel Puig*
P287. Gargantua, *par François Rabelais*
P288. Pantagruel, *par François Rabelais*
P289. La Cocadrille, *par John Berger*
P290. Senilità, *par Italo Svevo*
P291. Le Bon Vieux et la Belle Enfant, *par Italo Svevo*
P292. Carla's Song, *par Ken Loach*
P293. Hier, *par Agota Kristof*
P294. L'Orgue de Barbarie, *par Bernard Chambaz*
P295. La Jurée, *par George Dawes Green*
P296. Siam, *par Morgan Sportès*
P297. Une saison dans la vie d'Emmanuel, *par Marie-Claire Blais*
P298. Smilla et l'Amour de la neige, *par Peter Høeg*
P299. Mal et Modernité, *suivi de* Vous avez une tombe au creux des nuages *par Jorge Semprún*
P300. Vidal et les Siens, *par Edgar Morin*
P301. Dieu et nous seuls pouvons, *par Michel Folco*
P302. La Mulâtresse Solitude, *par André Schwarz-Bart*
P303. Les Lycéens, *par François Dubet*
P304. L'Arbre à soleils, *par Henri Gougaud*
P305 L'Homme à la vie inexplicable, *par Henri Gougaud*
P306. Bélibaste, *par Henri Gougaud*

P307. Joue-moi quelque chose, *par John Berger*
P308. Flamme et Lilas, *par John Berger*
P309. Histoires du Bon Dieu, *par Rainer Maria Rilke*
P310. In extremis *suivi de* La Condition, *par Henri James*
P311. Héros et Tombes, *par Ernesto Sábato*
P312. L'Ange des ténèbres, *par Ernesto Sábato*
P313. Acid Test, *par Tom Wolfe*
P314. Un plat de porc aux bananes vertes
par Simone et André Schwarz-Bart
P315. Prends soin de moi, *par Jean-Paul Dubois*
P316. La Puissance des mouches, *par Lydie Salvayre*
P317. Le Tiers Livre, *par François Rabelais*
P318. Le Quart Livre, *par François Rabelais*
P319. Un enfant de la balle, *par John Irving*
P320. A la merci d'un courant violent, *par Henry Roth*
P321. Tony et Susan, *par Austin Wright*
P322. La Foi du charbonnier, *par Marguerite Gentzbittel*
P323. Les Armes de la nuit *et* La Puissance du jour, *par Vercors*
P324. Voltaire le conquérant, *par Pierre Lepape*
P325. Frère François, *par Julien Green*
P326. Manhattan terminus, *par Michel Rio*
P327. En Russie, *par Olivier Rolin*
P328. Tonkinoise..., *par Morgan Sportès*
P329. Peau de lapin, *par Nicolas Kieffer*
P330. Notre jeu, *par John le Carré*
P331. Brésil, *par John Updike*
P332. Fantômes et Cie, *par Robertson Davies*
P333. Sofka, *par Anita Brookner*
P334. Chienne d'année, *par Françoise Giroud*
P335. Nos hommes, *par Denise Bombardier*
P336. Parlez-moi de la France, *par Michel Winock*
P337. Apolline, *par Dan Franck*
P338. Le Lien, *par Patrick Grainville*
P339. Moi, Franco, *par Manuel Vázquez Montalbán*
P340. Ida, *par Gertrude Stein*
P341. Papillon blanc, *par Walter Mosley*
P342. Le Bonheur d'apprendre, *par François de Closets*
P343. Les Écailles du ciel, *par Tierno Monénembo*
P344. Une tempête, *par Aimé Césaire*
P345. Kamouraska, *par Anne Hébert*
P346. La Journée d'un scrutateur, *par Italo Calvino*

P347. Le Tambour, *par Günter Grass*
P348. La Minute nécessaire de monsieur Cyclopède
par Pierre Desproges
P349. Fort Saganne, *par Louis Gardel*
P350. Un secret sans importance, *par Agnès Desarthe*
P351. Les Millions d'arlequin, *par Bohumil Hrabal*
P352. La Mort du lion, *par Henry James*
P353. Une sage femme, *par Kaye Gibbons*
P354. Dans un jardin anglais, *par Anne Fine*
P355. Les Oiseaux du ciel, *par Alice Thomas Ellis*
P356. L'Ange traqué, *par Robert Crais*
P357. L'Homme symbiotique, *par Joël de Rosnay*
P358. Moha le fou, Moha le sage, *par Tahar Ben Jelloun*
P359. Les Yeux baissés, *par Tahar Ben Jelloun*
P360. L'Arbre d'amour et de sagesse, *par Henri Gougaud*
P361. L'Arbre aux trésors, *par Henri Gougaud*
P362. Le Vertige, *par Evguénia S. Guinzbourg*
P363. Le Ciel de la Kolyma (Le Vertige, II)
par Evguénia S. Guinzbourg
P364. Les hommes cruels ne courent pas les rues
par Katherine Pancol
P365. Le Pain nu, *par Mohamed Choukri*
P366. Les Lapins du commandant, *par Nedim Gürsel*
P367. Provence toujours, *par Peter Mayle*
P368. La Promeneuse d'oiseaux, *par Didier Decoin*
P369. Un hiver en Bretagne, *par Michel Le Bris*
P370. L'Héritage Windsmith, *par Thierry Gandillot*
P371. Dolly, *par Anita Brookner*
P372. Autobiographie d'un cheval, *par John Hawkes*
P373. Châteaux de la colère, *par Alessandro Baricco*
P374. L'Amant du volcan, *par Susan Sontag*
P375. Chroniques de la haine ordinaire, *par Pierre Desproges*
P376. La Prière de l'absent, *par Tahar Ben Jelloun*
P377. La Plus Haute des solitudes, *par Tahar Ben Jelloun*
P378. Scarlett, si possible, *par Katherine Pancol*
P379. Journal, *par Jean-René Huguenin*
P380. Le Polygone étoilé, *par Kateb Yacine*
P381. La Chasse au lézard, *par William Boyd*
P382. Texas (tome 1), *par James A. Michener*
P383. Texas (tome 2), *par James A. Michener*
P384. Vivons heureux en attendant la mort, *par Pierre Desproges*

P385. Le Fils de l'ogre, *par Henri Gougaud*
P386. La neige tombait sur les cèdres, *par David Guterson*
P387. Les Seigneurs du thé, *par Hella S. Haasse*
P388. La Fille aux yeux de Botticelli, *par Herbert Lieberman*
P389. Tous les hommes morts, *par Lawrence Block*
P390. La Blonde en béton, *par Michael Connelly*
P391. Palomar, *par Italo Calvino*
P392. Sous le soleil jaguar, *par Italo Calvino*
P393. Félidés, *par Akif Pirinçci*
P394. Trois Heures du matin à New York
par Herbert Lieberman
P395. La Maison près du marais, *par Herbert Lieberman*
P396. Le Médecin de Cordoue, *par Herbert Le Porrier*
P397. La Porte de Brandebourg, *par Anita Brookner*
P398. Hôtel du Lac, *par Anita Brookner*
P399. Replay, *par Ken Grimwood*
P400. Chesapeake, *par James A. Michener*
P401. Manuel de savoir-vivre à l'usage des rustres et des malpolis
par Pierre Desproges
P402. Le Rêve de Lucy
par Pierre Pelot et Yves Coppens (dessins de Liberatore)
P403. Dictionnaire superflu à l'usage de l'élite et des bien nantis
par Pierre Desproges
P404. La Mamelouka, *par Robert Solé*
P405. Province, *par Jacques-Pierre Amette*
P406. L'Arbre de vies, *par Bernard Chambaz*
P407. La Vie privée du désert, *par Michel Chaillou*
P408. Trop sensibles, *par Marie Desplechin*
P409. Kennedy et moi, *par Jean-Paul Dubois*
P410. Le Cinquième Livre, *par François Rabelais*
P411. La Petite Amie imaginaire, *par John Irving*
P412. La Vie des insectes, *par Viktor Pelevine*
P413. La Décennie Mitterrand, 3. Les Défis
par Pierre Favier et Michel Martin-Roland
P414. La Grimace, *par Heinrich Böll*
P415. La Famille de Pascal Duarte, *par Camilo José Cela*
P416. Cosmicomics, *par Italo Calvino*
P417. Le Chat et la Souris, *par Günter Grass*
P418. Le Turbot, *par Günter Grass*
P419. Les Années de chien, *par Günter Grass*
P420. L'Atelier du peintre, *par Patrick Grainville*

P421. L'Orgie, la Neige, *par Patrick Grainville*
P422. Topkapi, *par Eric Ambler*
P423. Le Nouveau Désordre amoureux
par Pascal Bruckner et Alain Finkielkraut
P424. Un homme remarquable, *par Robertson Davies*
P425. Le Maître de chasse, *par Mohammed Dib*
P426. El Guanaco, *par Francisco Coloane*
P427. La Grande Bonace des Antilles, *par Italo Calvino*
P428. L'Écrivain public, *par Tahar Ben Jelloun*
P429. Indépendance, *par Richard Ford*
P430. Les Trafiquants d'armes, *par Eric Ambler*
P431. La Sentinelle du rêve, *par René de Ceccatty*
P432. Tuons et créons, c'est l'heure, *par Lawrence Block*
P433. Textes de scène, *par Pierre Desproges*
P434. François Mitterrand, *par Franz-Olivier Giesbert*
P435. L'Héritage Schirmer, *par Eric Ambler*
P436. Ewald Tragy et autres récits de jeunesse
par Rainer Maria Rilke
P437. Histoires pragoises, *par Rainer Maria Rilke*
P438. L'Admiroir, *par Anny Duperey*
P439. Une trop bruyante solitude, *par Bohumil Hrabal*
P440. Temps zéro, *par Italo Calvino*
P441. Le Masque de Dimitrios, *par Eric Ambler*
P442. La Croisière de l'angoisse, *par Eric Ambler*
P443. Milena, *par Margarete Buber-Neumann*
P444. La Compagnie des loups et autres nouvelles
par Angela Carter
P445. Tu vois, je n'ai pas oublié
par Hervé Hamon et Patrick Rotman
P446. Week-end de chasse à la mère
par Geneviève Brisac
P447. Un cercle de famille, *par Michèle Gazier*
P448. Étonne-moi, *par Guillaume Le Touze*
P449. Le Dimanche des réparations, *par Sophie Chérer*
P450. La Suisse, l'Or et les Morts, *par Jean Ziegler*
P451. L'Humanité perdue, *par Alain Finkielkraut*
P452. Abraham de Brooklyn, *par Didier Decoin*
P454. Les Immémoriaux, *par Victor Segalen*
P455. Moi d'abord, *par Katherine Pancol*
P456. Traité du zen et de l'entretien des motocyclettes
par Robert H. Pirsig

P457. Un air de famille, *par Michael Ondaatje*
P458. Les Moyens d'en sortir, *par Michel Rocard*
P459. Le Mystère de la crypte ensorcelée, *par Eduardo Mendoza*
P460. Le Labyrinthe aux olives, *par Eduardo Mendoza*
P461. La Vérité sur l'affaire Savolta, *par Eduardo Mendoza*
P462. Les Pieds-bleus, *par Claude Ponti*
P463. Un paysage de cendres, *par Élisabeth Gille*
P464. Un été africain, *par Mohammed Dib*
P465. Un rocher sur l'Hudson, *par Henry Roth*
P466. La Misère du monde
sous la direction de Pierre Bourdieu
P467. Les Bourreaux volontaires de Hitler
par Daniel Jonah Goldhagen
P468. Casting pour l'enfer, *par Robert Crais*
P469. La Saint-Valentin de l'homme des cavernes
par George Dawes Green
P470. Loyola's blues, *par Erik Orsenna*
P471. Une comédie française, *par Erik Orsenna*
P472. Les Adieux, *par Dan Franck*
P473. La Séparation, *par Dan Franck*
P474. Ti Jean L'horizon, *par Simone Schwarz-Bart*
P475. Aventures, *par Italo Calvino*
P476. Le Château des destins croisés, *par Italo Calvino*
P477. Capitalisme contre capitalisme, *par Michel Albert*
P478. La Cause des élèves, *par Marguerite Gentzbittel*
P479. Des femmes qui tombent, *par Pierre Desproges*
P480. Le Destin de Nathalie X, *par William Boyd*
P481. Le Dernier Mousse, *par Francisco Coloane*
P482. Jack Frusciante a largué le groupe, *par Enrico Brizzi*
P483. La Dernière Manche, *par Emmett Grogan*
P484. Les Lauriers du lac de Constance, *par Marie Chaix*
P485. Les Fous de Bassan, *par Anne Hébert*
P486. Collection de sable, *par Italo Calvino*
P487. Les étrangers sont nuls, *par Pierre Desproges*
P488. Trainspotting, *par Irvine Welsh*
P489. Suttree, *par Cormac McCarthy*
P490. De si jolis chevaux, *par Cormac McCarthy*
P491. Traité des passions de l'âme, *par António Lobo Antunes*
P492. N'envoyez plus de roses, *par Eric Ambler*
P493. Le corps a ses raisons, *par Thérèse Bertherat*
P494. Le Neveu d'Amérique, *par Luis Sepúlveda*

P495. Mai 68, histoire des événements, *par Laurent Joffrin*
P496. Que reste-t-il de Mai 68 ?,
essai sur les interprétations des « événements »
par Henri Weber
P497. Génération
1. Les années de rêve
par Hervé Hamon et Patrick Rotman
P498. Génération
2. Les années de poudre
par Hervé Hamon et Patrick Rotman
P499. Eugène Oniéguine, *par Alexandre Pouchkine*
P500. Montaigne à cheval, *par Jean Lacouture*
P501. Le Mendiant de Jérusalem, *par Elie Wiesel*
P502. … Et la mer n'est pas remplie, *par Elie Wiesel*
P503. Le Sourire du chat, *par François Maspero*
P504. Merlin, *par Michel Rio*
P505. Le Semeur d'étincelles, *par Joseph Bialot*
P506. Hôtel Pastis, *par Peter Mayle*
P507. Les Éblouissements, *par Pierre Mertens*
P508. Aurélien, Clara, mademoiselle et le lieutenant anglais
par Anne Hébert
P509. Dans la plus stricte intimité, *par Myriam Anissimov*
P510. Éthique à l'usage de mon fils, *par Fernando Savater*
P511. Aventures dans le commerce des peaux en Alaska
par John Hawkes
P512. L'Incendie de Los Angeles, *par Nathanaël West*
P513. Montana Avenue, *par April Smith*
P514. Mort à la Fenice, *par Donna Leon*
P515. Jeunes Années, t. 1, *par Julien Green*
P516. Jeunes Années, t. 2, *par Julien Green*
P517. Deux Femmes, *par Frédéric Vitoux*
P518. La Peau du tambour, *par Arturo Perez-Reverte*
P519. L'Agonie de Proserpine, *par Javier Tomeo*
P520. Un jour je reviendrai, *par Juan Marsé*
P521. L'Étrangleur, *par Manuel Vázquez Montalbán*
P522. Gais-z-et-contents, *par Françoise Giroud*
P523. Teresa l'après-midi, *par Juan Marsé*
P524. L'Expédition, *par Henri Gougaud*
P525. Le Grand Partir, *par Henri Gougaud*
P526. Le Tueur des abattoirs et autres nouvelles
par Manuel Vázquez Montalbán

P527. Le Pianiste, *par Manuel Vázquez Montalbán*
P528. Mes démons, *par Edgar Morin*
P529. Sarah et le Lieutenant français, *par John Fowles*
P530. Le Détroit de Formose, *par Anthony Hyde*
P531. Frontière des ténèbres, *par Eric Ambler*
P532. La Mort des bois, *par Brigitte Aubert*
P533. Le Blues du libraire, *par Lawrence Block*
P534. Le Poète, *par Michael Connelly*
P535. La Huitième Case, *par Herbert Lieberman*
P536. Bloody Waters, *par Carolina Garcia-Aguilera*
P537. Monsieur Tanaka aime les nymphéas
par David Ramus
P538. Place de Sienne, côté ombre
par Carlo Fruttero et Franco Lucentini
P539. Énergie du désespoir, *par Eric Ambler*
P540. Épitaphe pour un espion, *par Eric Ambler*
P541. La Nuit de l'erreur, *par Tahar Ben Jelloun*
P542. Compagnons de voyage, *par Hubert Reeves*
P543. Les amandiers sont morts de leurs blessures
par Tahar Ben Jelloun
P544. La Remontée des cendres, *par Tahar Ben Jelloun*
P545. La Terre et le Sang, *par Mouloud Feraoun*
P546. L'Aurore des bien-aimés, *par Louis Gardel*
P547. L'Éducation féline, *par Bertrand Visage*
P548. Les Insulaires, *par Christian Giudicelli*
P549. Dans un miroir obscur, *par Jostein Gaarder*
P550. Le Jeu du roman, *par Louise L. Lambrichs*
P551. Vice-versa, *par Will Self*
P552. Je voudrais vous dire, *par Nicole Notat*
P553. François, *par Christina Forsne*
P554. Mercure rouge, *par Reggie Nadelson*
P555. Même les scélérats..., *par Lawrence Block*
P556. Monnè, Outrages et Défis, *par Ahmadou Kourouma*
P557. Les Grosses Rêveuses, *par Paul Fournel*
P558. Les Athlètes dans leur tête, *par Paul Fournel*
P559. Allez les filles !
par Christian Baudelot et Roger Establet
P560. Quand vient le souvenir, *par Saul Friedländer*
P561. La Compagnie des spectres, *par Lydie Salvayre*
P562. La Poussière du monde, *par Jacques Lacarrière*
P563. Le Tailleur de Panama, *par John Le Carré*

P564. Che, *par Pierre Kalfon*
P565. Du fer dans les épinards, et autres idées reçues *par Jean-François Bouvet*
P566. Étonner les Dieux, *par Ben Okri*
P567. L'Obscurité du dehors, *par Cormac McCarthy*
P568. Push, *par Sapphire*
P569. La Vie et demie, *par Sony Labou Tansi*
P570. La Route de San Giovanni, *par Italo Calvino*
P571. Requiem caraïbe, *par Brigitte Aubert*
P572. Mort en terre étrangère, *par Donna Leon*
P573. Complot à Genève, *par Eric Ambler*
P574. L'Année de la mort de Ricardo Reis, *par José Saramago*
P575. Le Cercle des représailles, *par Kateb Yacine*
P576. La Farce des damnés, *par António Lobo Antunes*
P577. Le Testament, *par Rainer Maria Rilke*
P578. Archipel, *par Michel Rio*
P579. Faux Pas, *par Michel Rio*
P580. La Guitare, *par Michel del Castillo*
P581. Phénomène futur, *par Olivier Rolin*
P582. Tête de cheval, *par Marc Trillard*
P583. Je pense à autre chose, *par Jean-Paul Dubois*
P584. Le Livre des amours, *par Henri Gougaud*
P585. L'Histoire des rêves danois, *par Peter Høeg*
P586. La Musique du diable, *par Walter Mosley*
P587. Amour, Poésie, Sagesse, *par Edgar Morin*
P588. L'Enfant de l'absente, *par Thierry Jonquet*
P589. Madrapour, *par Robert Merle*
P590. La Gloire de Dina, *par Michel del Castillo*
P591. Une femme en soi, *par Michel del Castillo*
P592. Mémoires d'un nomade, *par Paul Bowles*
P593. L'Affreux Pastis de la rue des Merles *par Carlo Emilio Gadda*
P594. En sortant de l'école, *par Michèle Gazier*
P595. Lorsque l'enfant paraît, t. 1, *par Françoise Dolto*
P596. Lorsque l'enfant paraît, t. 2, *par Françoise Dolto*
P597. Lorsque l'enfant paraît, t. 3, *par Françoise Dolto*
P598. La Déclaration, *par Lydie Salvayre*
P599. La Havane pour un infant défunt *par Guillermo Cabrera Infante*
P600. Enfances, *par Françoise Dolto*
P601. Le Golfe des peines, *par Francisco Coloane*

P602. Le Perchoir du perroquet, *par Michel Rio*
P603. Mélancolie Nord, *par Michel Rio*
P604. Paradiso, *par José Lezama Lima*
P605. Le Jeu des décapitations, *par José Lezama Lima*
P606. Bloody Shame, *par Carolina Garcia-Aguilera*
P607. Besoin de mer, *par Hervé Hamon*
P608. Une vie de chien, *par Peter Mayle*
P609. La Tête perdue de Damasceno Monteiro
par Antonio Tabbuchi
P610. Le Dernier des Savage, *par Jay McInerney*
P611. Un enfant de Dieu, *par Cormac McCarthy*
P612. Explication des oiseaux, *par António Lobo Antunes*
P613. Le Siècle des intellectuels, *par Michel Winock*
P614. Le Colleur d'affiches, *par Michel del Castillo*
P615. L'Enfant chargé de songes, *par Anne Hébert*
P616. Une saison chez Lacan, *par Pierre Rey*
P617. Les Quatre Fils du Dr March, *par Brigitte Aubert*
P618. Un Vénitien anonyme, *par Donna Leon*
P619. Histoire du siège de Lisbonne, *par José Saramago*
P620. Le Tyran éternel, *par Patrick Grainville*
P621. Merle, *par Anne-Marie Garat*
P622. Rendez-vous d'amour dans un pays en guerre
par Luis Sepúlveda
P623. Marie d'Égypte, *par Jacques Lacarrière*
P624. Les Mystères du Sacré-Cœur, *par Catherine Guigon*
P625. Armadillo, *par William Boyd*
P626. Pavots brûlants, *par Reggie Nadelson*
P627. Dogfish, *par Susan Geason*
P628. Tous les soleils, *par Bertrand Visage*
P629. Petit Louis, dit XIV. L'enfance du Roi-Soleil
par Claude Duneton
P630. Poisson-chat, *par Jerome Charyn*
P631. Les Seigneurs du crime, *par Jean Ziegler*
P632. Louise, *par Didier Decoin*
P633. Rouge c'est la vie, *par Thierry Jonquet*
P634. Le Mystère de la patience, *par Jostein Gaarder*
P635. Un rire inexplicable, *par Alice Thomas Ellis*
P636. La Clinique, *par Jonathan Kellerman*
P637. Speed Queen, *par Stewart O'Nan*
P638. Égypte, passion française, *par Robert Solé*
P639. Un regrettable accident, *par Jean-Paul Nozière*

P640. Nursery Rhyme, *par Joseph Bialot*
P641. Pologne, *par James A. Michener*
P642. Patty Diphusa, *par Pedro Almodóvar*
P643. Une place pour le père, *par Aldo Naouri*
P644. La Chambre de Barbe-bleue, *par Thierry Gandillot*
P645. L'Épervier de Belsunce, *par Robert Deleuse*
P646. Le Cadavre dans la Rolls, *par Michael Connelly*
P647. Transfixions, *par Brigitte Aubert*
P648. La Spinoza connection, *par Lawrence Block*
P649. Le Cauchemar, *par Alexandra Marinina*
P650. Les Crimes de la rue Jacob, *ouvrage collectif*
P651. Bloody Secrets, *par Carolina Garcia-Aguilera*
P652. La Femme du dimanche
par Carlo Fruttero et Franco Lucentini
P653. Le Jour de l'enfant tueur, *par Pierre Pelot*
P654. Le Chamane du Bout-du-monde, *par Jean Courtin*
P655. Naissance à l'aube, *par Driss Chraïbi*
P656. Une enquête au pays, *par Driss Chraïbi*
P657. L'Île enchantée, *par Eduardo Mendoza*
P658. Une comédie légère, *par Eduardo Mendoza*
P659. Le Jardin de ciment, *par Ian McEwan*
P660. Nu couché, *par Dan Franck*
P661. Premier Regard, *par Oliver Sacks*
P662. Une autre histoire de la littérature française, tome 1,
par Jean d'Ormesson
P663. Une autre histoire de la littérature française, tome 2,
par Jean d'Ormesson
P664. Les Deux Léopards, *par Jacques-Pierre Amette*
P665. Evaristo Carriego, *par Jorge Luis Borges*
P666. Les Jungles pensives, *par Michel Rio*
P667. Pleine Lune, *par Antonio Muñoz Molina*
P668. La Tyrannie du plaisir, *par Jean-Claude Guillebaud*
P669. Le Concierge, *par Herbert Lieberman*
P670. Bogart et Moi, *par Jean-Paul Nozière*
P671. Une affaire pas très catholique, *par Roger Martin*
P672. Elle et Lui, *par George Sand*
P673. Histoires d'une femme sans histoire
par Michèle Gazier
P674. Le Cimetière des fous, *par Dan Franck*
P675. Les Calendes grecques, *par Dan Franck*
P676. Mon idée du plaisir, *par Will Self*

P677. Mémorial de Sainte-Hélène, tome 1
par Emmanuel de Las Cases
P678. Mémorial de Sainte-Hélène, tome 2
par Emmanuel de Las Cases
P679. La Seiche, *par Maryline Desbiolles*
P680. Le Voyage de Théo, *par Catherine Clément*
P681. Sans moi, *par Marie Desplechin*
P682. En cherchant Sam, *par Patrick Raynal*
P683. Balkans-Transit, *par François Maspero*
P684. La Plus Belle Histoire de Dieu
par Jean Bottéro, Marc-Alain Ouaknin et Joseph Moingt
P685. Le Gardien du verger, *par Cormac McCarthy*
P686. Le Prix de la chair, *par Donna Leon*
P687. Tir au but, *par Jean-Noël Blanc*
P688. Demander la lune, *par Dominique Muller*
P689. L'Heure des adieux, *par Jean-Noël Pancrazi*
P690. Soyez heureux, *par Jean-Marie Lustiger*
P691. L'Ordre naturel des choses, *par António Lobo Antunes*
P692. Le Roman du conquérant, *par Nedim Gürsel*
P693. Black Betty, *par Walter Mosley*
P694. La Solitude du coureur de fond, *par Allan Sillitoe*
P695. Cités à la dérive, *par Stratis Tsirkas*
P696. Méroé, *par Olivier Rolin*
P697. Bar des flots noirs, *par Olivier Rolin*
P698. Hôtel Atmosphère, *par Bertrand Visage*
P699. Angelica, *par Bertrand Visage*
P700. La petite fille qui aimait trop les allumettes
par Gaétan Soucy
P701. Je suis le gardien du phare, *par Eric Faye*
P702. La Fin de l'exil, *par Henry Roth*
P703. Small World, *par Martin Suter*
P704. Cinq photos de ma femme, *par Agnès Desarthe*
P705. L'Année du tigre, *par Philippe Sollers*
P706. Les Allumettes de la Sacristie, *par Willy Deweert*
P707. Ô mort, vieux capitaine…, *par Joseph Bialot*
P708. Images de chair, *par Noël Simsolo*
P709. L'Œuvre de Dieu, la Part du Diable
scénario par John Irving
P710. La Ratte, *par Günter Grass*
P711. Une rencontre en Westphalie, *par Günter Grass*
P712. Le Roi, le Sage et le Bouffon, *par Shafique Keshavjee*

P713. Esther et le Diplomate, *par Frédéric Vitoux*
P714. Une sale rumeur, *par Anne Fine*
P715. Souffrance en France, *par Christophe Dejours*
P716. Jeunesse dans une ville normande
par Jacques-Pierre Amette
P717. Un chien de sa chienne, *par Roger Martin*
P718. L'Ombre de la louve, *par Pierre Pelot*
P719. Michael K, sa vie, son temps, *par J. M. Coetzee*
P720. En attendant les barbares, *par J. M. Coetzee*
P721. Voir les jardins de Babylone, *par Geneviève Brisac*
P722. L'Aveuglement, *par José Saramago*
P723. L'Évangile selon Jésus-Christ, *par José Saramago*
P724. Si ce livre pouvait me rapprocher de toi
par Jean-Paul Dubois
P725. Le Capitaine Alatriste, *par Arturo Pérez Reverte*
P726. La Conférence de Cintegabelle, *par Lydie Salvayre*
P727. La Morsure des ténèbres, *par Brigitte Aubert*
P728. La Splendeur du Portugal, *par António Lobo Antunes*
P729. Tlacuilo, *par Michel Rio*
P730. Poisson d'amour, *par Didier van Cauwelaert*
P731. La Forêt muette, *par Pierre Pelot*
P732. Départements et Territoires d'outre-mort, *par Henri Gougaud*
P733. Le Couturier de la Mort, *par Brigitte Aubert*
P734. Entre deux eaux, *par Donna Leon*
P735. Sheol, *par Marcello Fois*
P736. L'Abeille d'Ouessant, *par Hervé Hamon*
P737. Besoin de mirages, *par Gilles Lapouge*
P738. La Porte d'or, *par Michel Le Bris*
P739. Le Sillage de la baleine, *par Francisco Coloane*
P740. Les Bûchers de Bocanegra, *par Arturo Pérez-Reverte*
P741. La Femme aux melons, *par Peter Mayle*
P742. La Mort pour la mort, *par Alexandra Marinina*
P743. La Spéculation immobilière, *par Italo Calvino*
P744. Mitterrand, une histoire de français.
1. Les Risques de l'escalade, *par Jean Lacouture*
P745. Mitterrand, une histoire de français.
2. Les Vertiges du sommet, *par Jean Lacouture*
P746. L'Auberge des pauvres, *par Tahar Ben Jelloun*
P747. Coup de lame, *par Marc Trillard*
P748. La Servante du seigneur
par Denis Bretin et Laurent Bonzon

P749. La Mort, *par Michel Rio*
P750. La Statue de la liberté, *par Michel Rio*
P751. Le Grand Passage, *par Cormac McCarthy*
P752. Glamour Attitude, *par Jay McInerney*
P753. Le Soleil de Breda, *par Arturo Pérez-Reverte*
P754. Le Prix, *par Manuel Vázquez Montalbán*
P755. La Sourde, *par Jonathan Kellerman*
P756. Le Sténopé, *par Joseph Bialot*
P757. Carnivore Express, *par Stéphanie Benson*
P758. Monsieur Pinocchio, *par Jean-Marc Roberts*
P759. Les Enfants du Siècle, *par François-Olivier Rousseau*
P760. Paramour, *par Henri Gougaud*
P761. Les Juges, *par Élie Wiesel*
P762. En attendant le vote des bêtes sauvages *par Ahmadou Kourouma*
P763. Une veuve de papier, *par John Irving*
P764. Des putes pour Gloria, *par William T. Vollman*
P765. Ecstasy, *par Irvine Welsh*
P767. La Déesse aveugle, *par Anne Holt*
P768. Au cœur de la mort, *par Lawrence Block*
P769. Fatal Tango, *par Jean-Paul Nozière*
P770. Meurtres au seuil de l'an 2000 *par Éric Bouhier, Yves Dauteuille, Maurice Detry, Dominique Gacem, Patrice Verry*
P771. Le Tour de France n'aura pas lieu *par Jean-Noël Blanc*
P772. Sharkbait, *par Susan Geason*
P773. Vente à la criée du lot 49, *par Thomas Pynchon*
P774. Grand Seigneur, *par Louis Gardel*
P775. La Dérive des continents, *par Morgan Sportès*
P776. Single & Single, *par John le Carré*
P777. Ou César ou rien, *par Manuel Vásquez Montalbán*
P778. Les Grands Singes, *par Will Self*
P779. La Plus Belle Histoire de l'homme, *par André Langaney, Jean Clottes, Jean Guilaine et Dominique Simonnet*
P780. Le Rose et le Noir, *par Frédéric Martel*
P781. Le Dernier Coyote, *par Michael Connelly*
P782. Prédateurs, *par Noël Simsolo*
P783. La gratuité ne vaut plus rien, *par Denis Guedj*
P784. Le Général solitude, *par Éric Faye*
P785. Le Théorème du perroquet, *par Denis Guedj*